Liberación de las almas

Dioses Antiguos

Sinai Cardenas

La traducción fue hecha por Sinai Cardenas

PRIMERA EDICIÓN EN ESPAÑOL, ENERO 2022

Título: Liberación de las almas.
Subtitulo: Dioses Antiguos.
Título original: *Freedom of the souls.*
Subtitulo original: *Ancient Gods.*

Esta edición de bolsillo se publicó por primera vez en ingles en septiembre 2021

Diseño de portada en fiverr.com por rock_0407

ISBN 978-1-955967-02-0

Sinai Cardenas
5949 Camp Road#1159 Hamburg, NY 14075
https://mssinaicardenas.wixsite.com/blog

Impreso en Estados Unidos de América

Agradecimientos

Una vez una niña de siete años escribió una carta muy mal estructurada y, en la última oración, dijo que algún día iba a escribir un libro. Siempre fue un sueño lejano. Siguió escribiendo para sí misma, llenando cuadernos con historias sin terminar y documentos de Word que se perdieron. Algunos llegaron a una plataforma virtual llamada Wattpad, pero hasta ahí llego. Ahora, puedo decirle a esa niña que lo logramos, gracias al apoyo de mi familia, y que esto es solo el comienzo.

Siempre estuvo en el fondo de mi mente, como un sueño a largo plazo, pero parece que el universo tenía otros planes para mí. Todo se acomodó para centrarme en la escritura, y no me rendí incluso cuando no tenía más imaginación para extraer. Agradezco a todas las personas que me apoyaron y me animaron a lo largo de este viaje. Especialmente para mis hermanos César, Moisés y Tobías, esta historia no habría existido sin ellos.

Cuando comencé este proceso, aprendí algunas lecciones. La primera es que siempre se paga un precio por la ignorancia al comenzar algo nuevo. Afortunadamente, pude obtener un reembolso en esta ocasión. La segunda es que nada es perfecto, por lo que intentar arreglar cada pequeño detalle no me llevará a ninguna parte; es mejor disfrutar el viaje y aceptar los errores. La última lección y la más valiosa de todas es que cuando descubres lo que realmente quieres y no tienes miedo de decirlo en voz alta, el universo conspira a tu favor.

Hubo muchos contratiempos y miedo. La mayor parte del tiempo, pensé que no lo lograría. Pero gracias a mis padres, mis hermanas Dalma y Belén, que me animaron, pude continuar. Y también, gracias a mis otras dos hermanas Isabel y Teresa, por su constante apoyo.

Emociones, muchas de ellas son necesarias para escribir. Son el combustible de cualquier historia. Entonces, teniendo esto en mente, también me gustaría agradecer a N.N., quien me dio tal ruptura de corazón que me motivó a verter toda mi tristeza e ira en las páginas de este libro.

Prólogo

Era un día temprano en el campo; la mañana producía una sensación de paz y calma. Los pájaros sonaban más felices de lo habitual y los rayos del sol comenzaban a acariciar los cultivos, calentando la tierra. Parecía que este sería un día perfecto. Sin embargo, en una fracción de segundo, todo cambió. El cielo se oscureció y una repentina bola de luz hizo que el sol pareciera un adorno, cuya función se volvió obsoleta. El hombre —el único que estaba haciendo su trabajo en la cosecha— sufrió la pérdida temporal de su vista a causa de la intensa luz. Luego, tan pronto como sucedió, desapareció, sin dejar rastro. El cielo volvió a su color habitual, y justo cuando el hombre comenzaba a pensar que, todo había sido una alucinación por la deshidratación, se produjo un tremendo sonido. La tierra bajo los pies del hombre tembló. Después de eso, todo quedó en silencio; incluso el viento se detuvo.

Una niebla comenzó a formarse a plena luz del día. El hombre quedó hipnotizado al ver tal suceso. La niebla bailaba y se separaba como si fuera un ser vivo abriendo camino para que pasará una silueta alta y esbelta. Por la forma en que se movía, parecía tener un propósito en mente, un lugar al que ir. Simplemente continuó su camino ignorando la presencia del hombre. Esté se quedó allí petrificado, mirando los acontecimientos, tratando de comprender. Luego, la niebla se disolvió y todo volvió a ser como empezó. Ese simple hecho aterrorizó al hombre a tal grado que corrió hacia el altépetl Olmeca.

Cuando llegó a donde estaba el Jefe, se recompuso, pero su voz lo traicionó.

—Tecuhtli, Tecuhtli, yo, yo-

—Habla, muchacho. No hay tiempo que perder. El huentli está sobre nosotros y todo tiene que ser perfecto. —Tecuhtli tenía una mirada tan severa que hizo que el hombre se tensará y se quedará sin habla—. Vamos muchacho, ¡habla!

—En los campos, algo cayó del cielo y luego una sombra flotó —dijo el muchacho, articulando lentamente cada palabra casi como si intentará convencerse de lo que vio.

Tecuhtli inmediatamente tomó al hombre por el codo y lo arrastró afuera donde nadie podía escuchar.

—Repite eso.

—Vi que algo se estrellaba a las afueras de los campos y una sombra que se movía. Se dirigía a alguna parte.

—¿Estás seguro de eso? —La voz de Tecuhtli era monótona con un toque de preocupación.

—Si, la tierra tembló cuando se estrelló y, y había neblina y-

—¡Suficiente! —Tecuhtli caminaba de un lado a otro, recolectando todo tipo de pensamientos. ¿Qué tal si esto era una señal de que los dioses estaban enojados? O tal vez enviaron una terrible desgracia como describen los viejos pergaminos.

—Escúchame muy bien, ve a donde viste esa luz chocar y toma una nota mental de todo lo que veas ahí. Has esto discretamente, luego regresa directo conmigo.

El hombre hizo lo que le fue instruido —a pesar de ir en contra de su voluntad. Tomó sus herramientas, se dirigió al campo con manos temblorosas y con su mente repasando los eventos que acontecieron, pensando en ¿Qué pasaría si la sombra regresaba y lo atacaba? ¿Cómo se iba a defender? Él no era valiente ni tenía complexión de guerrero. Su trabajo era mucho más simple; ser un cultivador le proveía una vida segura. No riesgos, no problemas.

Al llegar a la zona de impacto y expectante de encontrar un cráter o algún tipo de daño, se encontró con la tierra intacta, y para su asombro, una serpiente con plumas incrustadas alrededor de su cabeza estaba recostada en medio del campo. Era un hecho que esta no era una serpiente ordinaria. Él jamás había visto un reptil similar a este. Incluso a una distancia segura, podía ver como cambiaba de colores, lo que simbolizaba que era más singular de lo habitual. No se veía que estuviera viva ya que no se movía, significaba que era seguro para el hombre acercarse.

Entre más se acercaba más aumentaba su curiosidad e involuntariamente comenzó a estrechar lentamente su mano, anhelando el toque de la serpiente. Y justo cuando lo hizo, un líquido oscuro, como tinta negra, comenzó a cubrir sus manos, provocando un dolor insoportable a medida que avanzaba. Era claro que estaba gritando, pero ningún sonido salía de su boca, solo un indicio de agonía en su rostro mientras la tinta se extendía por cada parte de su cuerpo, como sangre corriendo por sus venas. Finalmente, colapsó, convulsionando en el suelo, derramando saliva por las comisuras de su boca, sus ojos volviéndose blancos y su mente, su mente se perdió en el vacío.

Mientras su cuerpo yacía en el suelo, bajo el frío cielo nocturno, indefenso ante cualquier ataque de cualquier bestia, dos personas se acercaron al hombre. No había tinta ni serpiente, no había evidencia de lo que había sucedido o porque un recolector estaba inconsciente en el suelo. Decidieron llevarlo al altépetl Olmeca, de donde asumieron que pertenecía.

Tecuhtli reconoció el cuerpo que llevaban los hombres e inmediatamente les ordenó que lo pusieran en el petatl que estaba en el suelo dentro del chantli de Tecuhtli. En el momento que las personas se fueron, Tecuhtli intentó despertar al hombre.

—Naran, ¡Naran!

Era la primera vez que usaba el nombre de aquel al que llamaba "muchacho", quizás esperaba algún tipo de reacción, pero no hubo ningún movimiento, ninguna indicación de que Naran pudiera escucharlo. Sin embargo, su corazón latía y eso era suficiente por ahora. Después de un tiempo Tecuhtli decidió dejar de esperar y se retiró del chantli por la noche.

La mañana llegó sin prisa alguna, parecía que lo estaba haciendo a propósito. Naran seguía quieto, su pecho subía y bajaba en coordinación con su respiración. Un rayo de sol se coló intentando encontrar el lugar perfecto para dejar su luz brillar. En eso tropezó con el pie de Naran haciendo que este se despertará. Se sentía bien, ajeno al hecho de que sus ojos habían cambiado. Eran completamente negros, como una canica de obsidiana que no refleja luz. Luego de unos segundos, volvieron a la normalidad. Se sentó, sintiendo que sus huesos se quebraban, en forma de protesta por la interrupción abrupta después de una larga siesta. Mientras tanto afuera, Tecuhtli hablaba con un extraño cuya voz causó un cosquilleo en el corazón de Naran.

—Ha estado durmiendo.

—Solo voy a asegurarme de que está bien. —Cuando el desconocido entró al chantli, cada partícula del cuerpo de Naran se estremeció.

—Hola Naran. —La manera en la que se movía con su sombra rezagada detrás de él hizo que Naran se diera cuenta de que había visto a esta persona antes. La única diferencia era que esta vez no había neblina.

Inmediatamente intentó pararse, gritar y huir, pero solo fue eso, un intento. El extraño se burló de sus esfuerzos inútiles.

—Humano ignorante, no tiene sentido combatirlo —dijo con una voz era firme y distante. Se movía con aires de superioridad, sus manos cruzadas sobre la espalda, y su cara, en especial sus ojos, eran tan intimidantes que Naran no pudo soportar su mirada.

—¿Q-Quién eres?

Se paseaba por el lugar contemplando sus manos, parecía como si las estuviera admirando. Luego dirigió su mirada al solitario rayo de luz.

—Es interesante lo simple que es la mente humana.

El rayo de luz se movió rápidamente hacia el extraño, siguiendo una orden no escuchada. Comenzó a manipularlo de tal manera que Naran tuvo que frotarse los ojos para asegurarse de que veía con claridad. El rayo de luz se movió hacia adelante y hacia atrás, convirtiéndose en una esfera sólida hecha de luz que flotaba en círculos alrededor del chantli.

—Yo soy el eterno sol. Un dios si te parece mejor.

La esfera se acercó al rostro del dios, dejándole ver el verdadero ser del supuesto dios. Su rostro pálido y radiante; cada hueso bien definido y agudo; sus ojos llenos de una luz intensa similar a la del sol y su cabello que parecía estar flotando alrededor de su cabeza.

—Tú, humano insignificante, vas a servirme, y si lo haces bien quizás te deje vivir.

La esfera fue directamente a la cabeza de Naran; intentó desesperadamente bloquearla con sus manos. Aun así, lo atravesó causando que su cuerpo dejará de responderle. El dios se inclinó y tocó el pecho de Naran justo donde está el corazón.

—Esto va a doler —soltó una pequeña risa—. Será el peor dolor que jamás experimentarás. —Al instante grito de agonía.

El dolor era peor que el que sintió cuando la tinta consumió su cuerpo. Sorprendentemente nadie escuchó, ni siquiera Tecuhtli que estaba justo afuera.

—Levántate. —Naran obedeció, se levantó y se mantuvo firme delante del dios, ignorando completamente lo que acababa de experimentar—. Vamos a limpiar este mundo de la oscuridad. —El dios puso su mano en el hombro de Naran y sonrió, dándole una sensación de paz.

Al salir del chantli, Tecuhtli se acercó a ellos con una mirada intensa.

—¡Naran, despertaste! ¿Qué sucedió? —dijo ansioso por saber qué fue lo que Naran vio el día anterior y por qué estaba inconsciente en el campo.

Era imposible para ellos ignorarlo y continuar caminando, lo cual exaspero al dios haciendo que este lo volteará a ver a los ojos.

—Silencio —ordenó, luego tocó el costado de la cabeza del Tecuhtli con una versión similar a la esfera que usó en Naran, pero esta era plana y pequeña con un extremo afilado—. Naran nunca existió —Susurro.

De esta manera, tan simple como eso, el dios borró cada recuerdo de Naran que había en la cabeza del Tecuhtli.

Capítulo 1

El altépetl Olmeca era la más antigua de todas; por lo tanto, el respeto era de suma importancia. Su tierra tenía los campos de cultivo más prominentes, y aunque había una fuerte jerarquía entre la gente, había una enorme cantidad de paz. La causa probable detrás de aquella armonía en el altépetl es que los mayores moldearon los cerebros de los niños para adaptarlos a tareas específicas. Lo que significa que, desde el nacimiento, todos saben lo que tienen que hacer y lo que se espera de ellos. Naran no era la excepción. Él estaba complacido cosechando. Disfrutaba trabajar con sus manos y proveer al altépetl. Pensar en pelear o en ir a batallas lo aterrorizaba. Sin embargo, hubo una época en la que "aventurero" e imprudente eran las palabras perfectas para describirlo. Podía ir al río y sumergirse sin importarle lo fuerte de la corriente; él sabía que de alguna manera iba a salir sin problemas. Al pasar los años, el miedo empezó a llenar su corazón. Comenzó a enfocarse en la fragilidad de su existencia, a desarrollar un miedo irracional a morir. Es por esto que, cada vez que los mayores le piden hacer algo nuevo, o le ordenan una tarea diferente a sus actividades habituales, entra en conflicto. Un millón de pensamientos sobre cómo todo puede salir mal le nublan el juicio, haciendo que comunicarse y comportarse libremente con los demás sea difícil.

La preparación que está realizando Tecuhtli en el altépetl Olmeca era un tipo de huentli para el dios del fuego. Cada año el altépetl se vuelve un alboroto de personas que realizan diferentes tareas, asegurándose que la celebración en honor al dios, —como agradecimiento por no soltar sobre ellos la noche perpetua, o al menos eso es lo que se ha enseñado generación tras generación— sea perfecta hasta el último detalle. Había mucho por hacer y todos estaban ocupados en los preparativos, esto significaba que Naran iba a estar solo en el campo. No era la primera y ciertamente no sería la última vez, pero por alguna razón no se atrevía a hacerlo, a salir temprano del chantli y hacer el trabajo que ha hecho durante años.

—Es otro día más —dijo débilmente para sí mismo.

Se cubrió con una tela y alrededor de su cuello lo que solía ser una manta blanca.

—Debes de estar agradecido de no ser un esclavo —dijo en voz baja.

Tomó la canasta que había hecho trenzando hojas de palmas, y se dirigió al campo. Luego comenzó a cantar su mantra habitual cuando se sentía asustado o fatigado por la rutina: «deberías estar agradecido de no ser un esclavo».

A unos kilómetros de cualquier civilización en un campo distante, una serpiente se encontraba en la mitad de una extraña, y al mismo tiempo familiar, tierra. Sin moverse, ajusto su visión tratando de absorber su entorno. Cuando el olor de los árboles y de petricor tocó su nariz, desató pensamientos que se convirtieron en recuerdos, haciendo que se diera cuenta de donde estaba.

—Pensé que nunca volvería a estar aquí. —La resonante voz sugiere que se trata de un hombre joven atrapado en la piel de una serpiente.

Sus extremidades se sienten incómodas al intentar ponerse en una posición de reposo. No era frecuente que pudiera salir de su prisión y moverse libremente.

—¿Ese bastardo logró conseguir energía suficiente? ¿Es por eso que vino aquí? —Las preguntas contenían una pizca de preocupación.

¿Sería posible que en el fondo quería que fracasará? Descarto el pensamiento rápidamente, recordando que no tiene más remedio que cumplir. Comenzó a moverse en busca de algo, y se sintió decepcionado al encontrar solo tierra y árboles. Sintiendo frustración por su forma animal, se deslizó hacía unos árboles y subió hasta llegar a la copa.

—¿Acaso los humanos se han extinguido?

La respuesta a su pregunta apareció a lo lejos, una figura humana comenzaba a acercarse. Podía percibir que era una humano masculino —y tan difícil como parece y es hacerlo— una línea delgada apareció en sus labios, indicando una alegría repentina de haber encontrado el recipiente perfecto sin siquiera buscarlo.

Sabiendo lo manipulables que pueden ser los humanos, se deslizó hacia abajo y comenzó a transformar su exterior, para tener la misma apariencia que hace muchos siglos poseía. Su piel pasó de un verde claro a uno más oscuro con rastros negros; alrededor de su cabeza, comenzaron a aparecer múltiples plumas grandes de diferentes colores, y cuando el viento las acariciaba, creaba la ilusión de que habían cambiado a un color oro rosado.

Cuando el humano dio un paso dentro del círculo sensorial de la serpiente, una onda eléctrica atravesó su cuerpo, haciéndolo sentir incómodo y nervioso. «¿Será que es algo más que un recipiente?», el pensamiento hizo que casi dejará de atraer al humano. «Quizás esto sea una trampa». Desgraciadamente, era demasiado tarde para cambiar de planes. El humano, incapaz de resistir, extendió su mano hacia la cabeza de la serpiente. Absorbiendo el cuerpo del reptil, quien, al momento de desvanecerse, también lo hicieron sus preocupaciones. El único pensamiento que quedaba, mientras desaparecía, era que finalmente, iba volver a vivir.

Capítulo 2

Naran continuó caminando detrás del dios a una distancia respetuosa, sintiéndose diferente, más vivo que nunca. Podía sentir el aire e incluso las partículas de luz tocando su piel. Habían estado caminando durante horas bajo el sol y él no sentía agitación, ni sudor y lo más importante no tenía sed. Lo más extraño de todo era que, cada vez que sus pies descalzos entraban en contacto con el césped, una sensación como ninguna otra navegaba desde, la punta de los dedos de los pies, hasta sus oídos. Se sentía como una especie de euforia que goteaba directamente desde su corazón. «¿No debería ser esto un buen sentimiento?» se preguntó al recordar la mañana anterior cuando no podía animarse a salir de su chantli. Si todas estas nuevas sensaciones eran buenas, ¿por qué se sentía incómodo?

Se tocó su frente por décima vez para ver si había gotas de sudor, pero nuevamente no había nada. Incapaz de contener la pregunta por más tiempo, las palabras salieron antes de que pudiera reaccionar.

—¿Me ha hecho algo? —Naran habló con tal fluidez y

claridad que se quedó quieto, sorprendido de haber dicho eso sin una pizca de vacilación.

—He evaporado tus miedos. Deberías agradecerme —dijo el dios con voz calmada y relajada. Nunca se le ocurrió que los miedos podían ser eliminados.

Cada vez que intenta actuar valerosamente antes de hacer algo arriesgado, una sensación de miedo recorre todo su cuerpo. Sin embargo, aquí estaba, sintiéndose sereno y a gusto enfrente de un dios sonriente.

—Gracias —dijo en voz baja, mientras alcanzaba al dios.

Sin prestar atención a dónde se dirigen, Naran movía sus piernas y brazos, agachándose y dando pequeños saltos, como si experimentará estar en su cuerpo por primera vez. De repente el dios paró en seco haciendo que Naran colapsará contra él.

—Teotihuacan está adelante, en algún lugar a la distancia.

—¿Qué estamos haciendo aquí? —dijo Naran reconociendo el camino y la entrada del altépetl.

—Ya te he dicho que hay maldad en este mundo y purificarla es nuestro deber. Bueno mi deber. Pero he decidido hacerte parte de esta gran labor.

Supongamos que, alguien le hubiera dicho a Naran esta mañana que lucharía contra una amenaza desconocida, sin ninguna preparación, sin habilidades de pelea y sin un gramo de coraje. Un trabajo que nunca se le ha cruzado por la mente, lo que simboliza hacer algo nuevo. Esto causaría que su corazón palpitará rápido, sus manos empezarán a sudar, la ansiedad se vería reflejada en su rostro y un miedo abrumador lo congelaría. No obstante, nada de eso sucedió. En cambio, se sintió lleno de energía y ansioso por comenzar.

—¿Cómo haremos eso? —preguntó.

El dios se le acercó puso su brazo alrededor de él y le dijo con una gran sonrisa:

—No hay un "nosotros" esto será tu misión.

Naran se quedó callado sin saber qué responder o si había escuchado correctamente. ¿Qué podría hacer él contra el mal siendo un simple humano?

—Conociste a mi adorable mascota aquella mañana. Es un poco juguetona, pero tiene un gran poder, y ahora se encuentra dentro de ti.

Aunque esta era una respuesta a su pregunta solo lo confundió más por la forma como el dios dijo esas palabras, como si fuera algo que sucede todos los días.

—La serpiente que viste en el campo, yo sabía que la encontrarías y esperaba que mi mascota te encontrará… lo suficientemente apetecible como para hacerte su hogar.

El recuerdo del líquido oscuro recorriendo su cuerpo hizo que se estremeciera. ¿Qué significa esto exactamente? Incluso si tuviera la serpiente dentro de él, no sería un guerrero.

El dios continuó hablando, sin importarle la evidente confusión que se mostraba en el rostro de Naran.

—Teotihuacan apesta a maldad y es ahí donde deberás comenzar. Al entrar, te encontrarás con miles de demonios, criaturas perturbadoras que se asemejan a los reptiles. Afortunadamente los humanos no pueden verlos, excepto tú. Ahora ve, deja que tus instintos actúen y estarás bien.

La confianza que el dios le tenía era rara; apenas se acaban de conocer. También estaba el hecho de que era un dios, lo cual hacía que no tuviera sentido enviar a un recolector a hacer su trabajo. Sin mencionar que, Naran no sentía instintos en absoluto, e incluso si encontrará una manera de manejarlos, ¿qué podían hacer "instintos" contra monstruos tan horribles?

—Falta una cosa más —dijo el dios mirándole de arriba a abajo.

Tomo lo que parecía ser un rayo de luz y una hoja que estaba en el suelo. Los comenzó a moldear hasta convertirlos en un largo y delgado tecpatl. El color negro profundo de la cuchilla y su delgadez estaban a un nivel completamente diferente a los hechos de madera y jade que conocía Naran.

—¡Qué tecpatl de aspecto tan extraño!

—Se llama espada —dijo el dios mientras que le entregaba la espada a Naran, quien para su sorpresa le resultó pesada.

Pensando que era todo lo que ocupaba, se dio la vuelta y comenzó a caminar hacia el altépetl.

—Todavía no he terminado —dijo el dios, deteniéndolo—. También debes de parecer un salvador.

Con un movimiento rápido de sus manos la ropa de Naran se transformó. Su cuerpo quedó completamente vestido con una combinación del atuendo tradicional Teopixqui y Tecuhtli. Podía sentir la capa caer sobre su hombro derecho. En lugar del taparrabos que cubría estrechamente su cuerpo, había una larga tela blanca que cubría sus hombros hasta sus caderas. Una tela roja en su cintura que llegaba debajo de sus muslos. Alrededor de su cuello, había un adorno dorado que casi cubría sus hombros y dos brazaletes en la parte superior de sus brazos. La mejor parte —para Naran obviamente— era que ya no estaba descalzo. Sin poder resistir la curiosidad, corrió a un estanque cercano para ver su reflejo. Cuando se vio a sí mismo, notó que sus rasgos se parecían a un guerrero con manos sólidas, hombros anchos, piel morena clara y una mandíbula prominente; incluso sus ojos, que solían ser marrones, ahora eran de un extraño color verde oscuro con destellos dorados como la piel de aquella serpiente.

Una brillante sonrisa apareció en su rostro. Se volteó para ver al dios, erguido, sintiéndose más alto de lo habitual.

—Esto te proporcionará un disfraz, lo cual es más fácil que, ir por todos lados haciendo que la gente olvide tu rostro. —El dios miró por última vez a su alumno y se fue, sin dar más instrucciones.

De pie en medio de la carretera, a unos treinta pasos del altépetl Teotihuacán, Naran respiró hondo y, lentamente, con pequeños pasos, comenzó a caminar. Su rostro revelaba su evidente aflicción, resultado de su mente dando vueltas y su corazón diciéndole que algo andaba mal. Sin embargo, un dios ha venido a él y lo eligió para hacer esta misión. Y hasta donde a él le concierne, los dioses no te harán daño a menos que los traiciones. Después de todo, eso es lo que todos los adultos le habían dicho desde que era niño. Entonces, ¿cómo podría eso no ser cierto?

Cuando estaba a un paso de la entrada del altépetl, notó que no había gente alrededor. Parecía estar desierto y al dar el paso, una pequeña criatura, del tamaño de un perro, se arrastró lentamente hacia sus pies. No se parecía a un reptil, al menos ninguno que Naran haya visto antes. Faltaba la piel de la mitad de su cuerpo y tenía un agujero donde debería haber estado el ojo derecho. Con su único ojo mirándole, la criatura parpadeó, haciendo que Naran se sintiera asqueado. Tomó la espada y amputó la cabeza del demonio con un corte limpio. El cuerpo decapitado se sacudió por un momento hasta que cedió.

Mirando a la criatura sin vida, pensando en lo rápido que había respondido, sin dudarlo; lo bien que se sentía la espada en su mano, y la gracia con que la usó, le dio la sensación que este era quien estaba destinado a ser. ¿Era posible que con haber borrado sus miedos había desencadenado su potencial? *«Prende fuego al cuerpo»* una voz similar a la del dios instruyó. Volteo a ver detrás de él esperando ver al dios, pero no había nadie. Se preguntó sobre la posibilidad de que el dios se hubiera vuelto invisible y estuviera justo a su lado. Aunque la respuesta más plausible era que, tenían una conexión mental que le permitía escuchar al dios, lo que significaba que el dios podía ver todo lo que hacía.

—Tiene sentido. Es el eterno sol después de todo —respondió a su pregunta en voz alta, haciendo que su corazón diera un vuelco cuando escuchó su voz profunda y firme.

Se recompuso, tomó los restos de la criatura y las arrastró hacia el bosque. Tratando de encontrar el lugar perfecto donde nadie notará el humo y pudiera hacer lo que le indicaron. Ahora todo lo que necesitaba era encender el fuego.

Reuniendo diferentes tamaños de palos, los colocó de tal manera que cubrieran el cuerpo, también puso algunas hojas secas en la parte inferior, y con dos texcalli, creó suficiente fricción para producir chispas. *«Sería más fácil si me dejarás hacerlo por ti»*. La voz del dios sobresaltó a Naran, haciéndolo soltar los texcalli. Era extraño escucharlo en su cabeza.

—¿Dónde está?

«Aquí». Una larga sombra goteó de sus manos como si fuera oscuridad hecha líquido. Se deslizó por el suelo y se transformó en una serpiente.

—Nos encontramos de nuevo —dijo con una voz similar a la del dios. Aunque, esta era superficial y ronca.

—Puedo crear fuego para ti. —dijo mientras de colocaba en

una pose desafiante con la cabeza al mismo nivel que los ojos de Naran.

Allí parado mirando directamente a su cara, sin hacer ningún movimiento hacia la pila de palos, el fuego apareció, sobresaltando a Naran, quien cayó de espaldas.

—¿Cómo hiciste eso? —A pesar de que estaba conmocionado no se sentía asustado.

—Los humanos lo llaman magia. Yo lo llamo habilidad.

La serpiente deslizó su cuerpo sin extremidades a una distancia considerable y comenzó a contorsionarse, cambiando de forma a lo que parecía ser una estructura humana, salvo por algunas diferencias. Faltaba todo en su rostro excepto los ojos, y su cuerpo no reflejaba luz. Era como si una sombra se hubiera vuelto sólida.

—No me gusta cuando me sacan de mi casa.
Caminó y se sentó junto a Naran, que todavía estaba en el suelo, sin estar seguro de lo que vio.

—No puedo hacer mi parte si me rechazas.

La idea de que esta cosa había estado dentro de él todo este tiempo le hizo sentir náuseas y vómito. El hecho de que no había salido nada le recordó que su estómago estaba vacío, ya que, no había comido en dos días.

—¡Puaj! ¡Los humanos son tan repugnantes!

Naran se recompuso, se secó la boca con el dorso de la mano y se sentó con la espalda recta.

—¿Por qué suenas como el Señor Sol?

—Él soy yo y yo soy él.

—¿Qué significa eso?

La figura sombría apoyó la barbilla en su mano.

—Los humanos también son estúpidos — dijo.

Era sorprendente para Naran que la sombra no tuviera boca, y, sin embargo, están manteniendo una conversación. «¿Cómo es esto posible? ¿Por qué la voz de esa cosa suena tan clara dentro de mi cabeza?» se preguntó.

—No soy humano ni animal. No soy de tu mundo físico — dijo sosteniéndole la mirada—. ¿Sigues sin entender?

Sintiéndose vulnerable Naran negó con su cabeza no queriendo hablar.

—Prefiero un humano verbal.

Trago saliva y se recordó que ahora era diferente. Con eso en mente intentó recolectar el coraje que había sentido antes, pero la risa de la sombra destruyó su intento.

—Fui yo quien te hizo valiente. —Se levantó y se dirigió al fuego—. Eres nada sin mí. —Naran esperaba ver las flamas a través de él o ver algún tipo de color. Pero solo había oscuridad. La cosa siguió caminando hasta quedar en medio del fuego—. Lo único bueno de los humanos son sus sensaciones. —Se quedó allí mirando a Naran, invitándolo a las llamas, burlándose de él por su falta de coraje. ¿Podría ser que sus miedos estaban de vuelta?

Se puso de pie y se congeló, incapaz de hacer más movimientos.

—Tengo mi propia mente y acciones. No sigo órdenes de ese "dios" como tú lo llamas.

—No era necesario que prendiera fuego a la criatura, ¿verdad? —dijo Naran encontrando su voz en algún lugar dentro de él. La cual seguía siendo profunda y firme, lo que significa que, de verdad era diferente.

—Tenías que hacerlo. A menos que quisieras que volviera a su forma original.

—Le corte la cabeza a esa cosa. ¿Cómo va a volver a su estado normal?

La sombra salió de entre las llamas, levantó su dedo índice, apagando el fuego. Las extremidades de la criatura comenzaron a temblar, y filamentos, de lo que parecía ser sangre, comenzaron a formarse desde la cabeza hacia el cuerpo. La forma en que los filamentos se retorcían y deslizaban para unir la cabeza con el cuerpo fue lo más perturbador que había visto en su vida —aparte de la sólida sombra que tenía ante él. La cosa levantó el mismo dedo y las llamas volvieron a resurgir, y el cuerpo de la criatura dejó de producir sangre, convirtiéndose en un cadáver una vez más.

—¿Ahora si me crees? —La cosa se sentó enfrente del fuego, con su cabeza inclinada hacia arriba y sus manos en el suelo sosteniendo la parte superior de su cuerpo—. No me gusta este lugar.

—Entonces, ¿por qué estás aquí?

La cosa sombría volteo a verlo, sus ojos tenían un poco de blanco y tampoco reflejaban luz.

—Hay cosas que debemos hacer, aunque no nos gusten.

—¿Tienes un nombre?

Los ojos de la sombra se agrandaron y luego miró hacia el cielo. Es difícil para Naran leer las expresiones faciales de algo que no tiene rostro.

—Soy el Sol.

—¿Te refieres al dios que conocí antes? Pero tú eres diferente a él.

—Muy bien, soy la sombra del sol.

—¿Entonces tu nombre es sombra?

—¡No humano estúpido! No tengo nombre.

—El Sol te llamó su mascota. ¿Eso no te hace inferior a él?

Esa última palabra hizo que las llamas del fuego aumentarán, la sombra se levantó, y en un abrir y cerrar de ojos, estaba frente a Naran.

—¡No soy inferior!

Cada partícula en el cuerpo de Naran tembló, y por primera vez desde que el dios lo convirtió en quien es, sintió miedo. El tipo de miedo que te congela en el acto y que oscurece tus pensamientos.

—Yo, yo… mis disculpas.

La sombra se relajó y comenzó a caminar de un lado a otro. Parecía estar pensando —o planeando maneras de matarlo.

—Dejaré pasar los que dijiste si me dejas tener tu cuerpo.

Las piernas de Naran cedieron cayendo torpemente, quedando sentado. Pensando que esto era un truco, y que esa sombra también era un demonio; su primer instinto fue correr. Luego recordó que, el dios le había dicho que la serpiente estaba de su lado. Aunque esta serpiente parecía que podía hacer lo que quisiera, al menos eso es lo que decía. Entonces, si estuviera de acuerdo y entregará su cuerpo como se le pidió, ¿qué le pasaría a Naran? ¿Y qué hay de las instrucciones que dejó el dios? ¿Cómo podría cumplir con ello si su cuerpo pertenecía a otra persona?

—Puedo ver que estás batallando con esto. —La sombra se sentó enfrente de él, haciéndolo sentir incómodo y asustado—. Puedo convertirme en tus instintos. Puedo proveerte con habilidades. Y a cambio, tú me dejarás comer, beber y sentir todo lo que este mundo inútil proporciona.

—¿Cómo será eso posible?

La extraña sombra tocó la frente de Naran con su dedo índice.

—Si pudieras comprender más allá de lo que los humanos te

han enseñado. Ver el mundo con un par de ojos nuevos, no contaminados por ninguna creencia humana. Entonces, tal vez, podrías convertirte en un dios.

La mente de Naran comenzó a recopilar toda la información, sopesando todos los resultados posibles y lo que podría salir mal.

—Te diré mi nombre.

De repente dejó de dudar y centró toda su atención en la sombra.

—Quetzalcóatl.

La familiaridad del nombre hizo que renunciará a toda preocupación y se sintiera en calma. Sin saber por qué, estiró su mano, la cual Quetzalcóatl tomó rápidamente. «¿Qué es lo peor que puede pasar?» pensó.

Capítulo 3

Sin saber cuándo se quedó dormido, Naran despertó con una sensación extrema de sed. Corrió hacia el sonido de un arroyo, sintiendo que no llegaba lo suficientemente rápido para poner fin a su agonía. Finalmente llegó e inmediatamente se sumergió, sin importarle si había pasado mucho tiempo desde que había nadado —o haber estado siquiera cerca de un río—, lo que significa que tenía una alta posibilidad de ahogarse. Le tomó unos minutos sentirse un poco satisfecho.

Al darse cuenta de que podía contener la respiración durante mucho tiempo bajo el agua, comenzó a preguntarse si esta podría ser una de las habilidades que mencionó Quetzalcóatl; y si es así, ¿se estaba convirtiendo en un pez humano? Reflexionó mientras nadaba, buceaba y flotaba, lo que era difícil de hacer en agua dulce. Después de unas horas, salió del agua, notando su ropa mojada.

—Eventualmente se secarán —dijo para sí.

Desechando sus preocupaciones comenzó a buscar su espada. Fue entonces cuando recordó que la había dejado cerca de la hoguera.

Regresó, preguntándose si la sed que había sentido antes y haber podido contener la respiración bajo el agua era por Quetzalcóatl. De ser así significaba que, podía vivir su vida con normalidad. Por alguna razón, pensaba que una vez que Quetzalcóatl poseyera su cuerpo, su conciencia estaría en una especie de lugar oscuro, atrapado, donde no podría moverse y solo sería un espectador para siempre. Sin embargo, se sentía normal. Nada parecía fuera de lo común, excepto que la noche se veía más brillante que de costumbre; que podía escuchar todos los sonidos que proporcionaba el bosque; y tenía el impulso de volver a andar descalzo —pero de nuevo, nada más fuera de lo común.

Preocupado de que pudiera estar soñando y atrapado, agarró la espada y comenzó a dar tajadas. Sin darse cuenta de que se estaba acercando a un árbol con cada movimiento. Sin esfuerzo alguno, hizo un corte limpio al tronco del árbol, lo que confirmó que era un poco diferente después de todo.

Disfrutaba del olor de las hojas de los árboles, pero hacerlo por décima vez lo estaba frenando, aunque no podía evitarlo. Sentía la compulsión de detenerse y oler cada una, a pesar de que eran exactamente iguales a las anteriores. Estas acciones le recordaban a un niño que está viendo el mundo por primera vez. No obstante, los árboles son irrelevantes, ¡en este momento tiene una misión que terminar! No importa que el Sol no le haya dicho cuanto tiempo tiene para terminar, él quería hacerlo lo más rápido posible.

Perdiendo la paciencia y sintiéndose irritado consigo mismo, pensando que debía de haber una manera de comunicarse con

Quetzalcóatl para poder confrontarlo acerca de la actitud infantil que estaba experimentando.

—¿Quetzalcóatl? —dijo un poco preocupado por el tipo de respuesta que obtendría—. ¡Quetzalcóatl! —dijo una vez más, pero esta vez más fuerte. *«¡Agh! ¡¿Qué quieres?!»*. La voz familiar resonó en la cabeza de Naran.

—Nos estás retrasando. El dios nos dio una orden que tenemos que obedecer.

«¡Oh disculpa! No la verdad no. Ese es tu problema, no mío, ¡y él no me ordena!». La respuesta simultánea con tono burlón y a la defensiva hizo que Naran se sintiera un poco ansioso.

—Pero él dijo-

«Sólo accedí a compartir mis habilidades. Ahora tienes fuerza y otras cosas, ¡así que cumplí con mi parte del trato!». Naran permaneció en silencio. No podía comprender porque si estas dos entidades son lo mismo, Quetzalcóatl parece ser más agresivo e indiferente, al contrario del Sol que, con una sola mirada puede hacerte sentir alegría y calma.

—El dios dijo que tú me ayudarías.

«"El dios dijo que tú me ayudarías". ¡Escucha bien humano! No me interesa lo que ese bastardo diga. Hicimos un trato y yo he cumplido con mi parte. ¡Ahora déjame solo!». La manera en que imitó lo que Naran dijo dejó en claro que Quetzalcóatl estaba adoptando una actitud muy infantil, pero ellos habían hecho un trato, y de cierto modo, él simplemente estaba compartiendo su cuerpo.

Siguió caminando hacia el altépetl, luchando con todas sus fuerzas contra el impulso de trepar a un árbol, sentarse en una de las ramas y contemplar cómo la noche cambiaba lentamente de colores convirtiéndose en amanecer.

—Podrás mirar el amanecer después, el deber va primero —dijo para sí mismo.

Podría jurar ver la mirada de disgusto que debió haber puesto Quetzalcóatl, y la idea de que esa cosa hecha de sombra tuviera una rabieta era un poco inquietante, y gratificante al mismo tiempo.

Apretando la empuñadura de su espada, se repetía una y otra vez, «El deber es lo primero. El deber es lo primero». Nunca se atrevió a romper las normas o a ir en contra de lo que se le pedía hacer. Tenía que seguir las reglas, de lo contrario, sería castigado. Recordando al Naran de 15 años que fue en contra de la ley y las consecuencias que tuvo, hizo que reforzará la idea de seguir órdenes ahora más que nunca. En ese entonces, su madre fue sacrificada para ganarse el perdón por las acciones de Naran, y desde ese momento, se volvió dócil e incapaz de desobedecer la autoridad.

El recuerdo de su madre con lágrimas en los ojos lo hizo detenerse. *«Entonces, ¿es por esto que te convertiste en un cobarde?»*

—¡Eso no es asunto tuyo!

«Vaya, mira quien se molestó. ¿Acaso toque un nervio?»

—¡Suficiente! —La fuerte voz de Naran hizo que los pájaros que estaban cerca de un árbol huyeran, temiendo por sus vidas.

Aclarando su mente y concentrándose en el presente, aceptó su situación. El dios le ha confiado una tarea y no podía rechazarla o ignorarla.

Mientras deambulaba, se dio cuenta de que Teotihuacan no era un altépetl diminuto como los Toltecas, lo que significaba que no iba a poder hacer el trabajo en un periodo de dos o tres días.

De los seis altépetl, ésta era la más grande y poblada, lo que dificultará el combate sin levantar sospechas. Solo él puede ver estos demonios para poder luchar contra ellos. Significa que, para otras personas, Naran puede parecer un loco blandiendo su brillante espada contra una amenaza invisible.

Caminando detrás del chantli e inhalando profundamente, vaciló por un segundo, considerando abandonar la búsqueda. En eso escucho la voz de Quetzalcóatl, que, con exasperación, le dijo *«¡oh por favor podrías relajarte!»*. Esto lo hizo sentirse agradecido, de no estar solo.

Un fuerte olor invade su nariz mientras se acerca al chantli. Era el olor más repugnante que jamás había percibido. Le recordó a un animal muerto que se ha estado pudriendo bajo el sol durante un período prolongado. Siguiendo el olor, descubrió un demonio de tamaño humano al que le faltaban dientes y piel, acechando dentro de uno de los chantli. Éste era un poco diferente al primero; tenía algunos cabellos en la cabeza, sangre espesa goteaba de su cuerpo y dejaba caer pedazos de piel y carne podrida mientras caminaba. Se quedó quieto, mirando directamente a los ojos de Naran. La criatura abrió su repulsiva boca y una repentina ráfaga de adrenalina se apoderó de su cuerpo. *«¡Mátalo!»*. Con la espada en mano, atravesó el pecho del monstruo justo donde debería haber estado el corazón —si es que tal criatura puede tener uno—. *«Recuerda que-»*

—¡Sí, ya sé! quemar el cuerpo —dijo Naran, interrumpiendo a Quetzalcóatl.

Cerrando los ojos, comenzó a sentir una cálida sensación emanando de sus dedos. Cuando extendió sus manos un fuego abrasador fluyó hacia el cuerpo sin vida de la criatura. Aunque estaba asombrado por lo que estaba haciendo, el pánico comenzó a colarse haciéndolo retroceder preocupado de que él mismo se incendiará. *«¡Relájate! No te lastimarás»*. La seguridad de Quetzalcóatl calmó su corazón.

Todo lo que estaba viviendo era tan extraordinario que su cerebro no podía concebir la idea de que esto fuera real. Las llamas aumentaron aún más, trayendo a Naran al presente, que vio con horror el chantli arder, sabiendo muy bien que esto advertirá a la gente de los alrededores de que algo estaba sucediendo. *«Imagina un apaztli hecho de fuego que cubre el cuerpo»*. Cerró los ojos e hizo lo que se le instruyó, manteniendo el fuego a lo largo del cuerpo del demonio.

Mientras salía, otra criatura entró corriendo en el chantli, Naran reaccionó instantáneamente, cortándolo y quemando los pedazos, dejando el chantli antes de que se incendiara por completo.

Por un momento, se preguntó si debería ir a cada chantli en busca de demonios. Temiendo causar una conmoción, se quedó inmóvil fuera de uno de los chantli. Todo tipo de pensamientos cruzaron su mente, incluso retirarse y rezar que el dios no lo castigue. Luego, como respuesta a su preocupación, apareció un muchacho. Naran instruyó al joven para que esparciera el peligro de los demonios y evacuará a todos hacia los campos. Esperó dentro de un chantli vacío para darle tiempo al muchacho de convencer a la gente de retirarse al campo; luego, continuó con su trabajo.

Después del quinto chantli, se acostumbró a encontrar todo tipo de criaturas. Algunos eran del tamaño de un niño, otros eran adultos y otros parecían simplemente descomponerse frente a sus ojos convirtiéndose en una forma irreconocible, era un alivio que los humanos no podían ver a esos monstruos. Gracias a Quetzalcóatl no se sentía cansado ni agitado, lo que hizo que recuperará la esperanza de que era posible limpiar todo el altépetl en menos de una semana.

Continuó trabajando, acechando a las criaturas y matándolas mucho antes de que estas pudieran reaccionar. *«¿No te parece extraño?»* dijo la voz familiar haciendo que Naran se detuviera justo cuando estaba a punto de apuñalar a otro demonio.

—¿Qué es extraño?

«Ellos no te atacan».

—Eso es porque soy veloz.

Aunque lo que Quetzalcóatl dijo lo hizo dudar, concluyó que nada podría estar mal ya que podía eliminar a las criaturas con facilidad.

Siguió trabajando diligentemente, todo el día sin parar para beber, dormir o comer. Cuando la noche llegó, casi la mitad del altépetl estaba libre de demonios. Por desgracia, algunos chantli se quemaron. Tenía mucho por aprender de sus nuevas habilidades. Eran tan únicas que no podía controlarlas apropiadamente. Intento pedirle ayuda a Quetzalcóatl, pero no hubo respuesta como si se hubiera ido a dormir.

Cuando el sol se elevó en el horizonte reveló la devastación y desolación, precio que se paga al ganar una guerra —o al menos, eso es lo que pensó mientras contemplaba el altépetl. Cada chantli era un montón de cenizas o apenas se mantenían de pie con las paredes llenas de tizne. Todo esto causo que por un momento lamentará sus acciones. Su consuelo fue que la gente estaba a salvo. Pero, aunque la vista era una cruda realidad de guerra, no significaba que había terminado.

Nunca le importó el bienestar de nadie, no obstante, al ver las criaturas rodeando el chantli del Tecuhtli, hizo que sintiera un sentido de responsabilidad y un impulso de determinación para terminar esta batalla, ya que él era el único que podía hacer algo al respecto.

—¡Voy a salvar a Tecuhtli de todos ustedes! —Su voz fuerte hizo que las palabras resonarán en la tierra vacía.

No había rastro de miedo en el rostro de Naran. Los demonios que sostenían cuchillos y palos de madera comenzaron a rodéalo, manteniendo su posición firme. *«¿Estás seguro de que quieres hacer esto?»*, la voz de Quetzalcóatl se dignó a honrar a Naran con su presencia.

—No vacilare. ¿No ves lo repugnante que son? —dijo mientras apretaba la empuñadura ensangrentada de la espada.

Los demonios lanzaban golpe tras golpe, pero todo fue en vano, Naran era más rápido que ellos. Sus movimientos eran agudos y calculados. La forma en que blandía la espada hacía que pareciera que había estado entrenando toda su vida para este momento. Cabezas comenzaron a rodar por el suelo. Manos volando en todas las direcciones. Piernas colapsando con grandes golpes húmedos y sangre salpicando por todas partes.

Cuando terminó, por primera vez desde que conoció al dios, Naran se quedó sin aliento.

Perspectiva de Quetzalcóatl

Capítulo 4

La noche rodeo el bosque. El sonido del viento atravesando los árboles bajo un cielo despejado siendo observados por la luna llena, creaban la atmósfera perfecta para un crimen. Había todos los elementos: el cuerpo de la víctima cuyos restos ahora son polvo, el arma homicida (una espada que todavía tenía residuos de sangre de la víctima), el motivo (quien se hace llamar entidad que parece una sombra pero que no lo es), y, por último, pero no menos importante, el ofensor (un hombre sin expediente criminal que no vacilo y cometió su primer asesinato).

Acorde al conocimiento de Quetzalcóatl, todo debe haber salido de acuerdo al plan del bastardo. Aunque no dijo mucho, era obvio que él envió a Naran para que fuera el recipiente. No había nada que pudiera hacer y, en el fondo, no quería hacer algo para detenerlo. «Algunas cosas están destinadas a terminar». Incluso si pensaba de esta manera aun le seguía molestando. Los humanos son estúpidos e inservibles, principalmente porque no valoran las cosas esenciales, pero ¿acaso esto es razón suficiente para exterminarlos?

Para Quetzalcóatl estar dentro de un humano significaba disfrutar la comida, el agua, sentir la lluvia; en otras palabras, significa estar vivo, genuinamente vivo. Él podía ver cada parte del universo hasta lo que aún continúa moviéndose y expandiéndose, y, aun así, nada se compara con la tierra, lo que está lugar representa y los seres que viven aquí. Tal vez es el hecho de que es el anfitrión de una variedad de portales a diferentes dimensiones, lo cual lo hace el epicentro del mal y el bien o puede que sea porque muchos siglos atrás por un breve instante Quetzalcóatl fue humano.

Le era atractivo cómo no necesitaba nada y anhelaba todo, y una vez que estuvo dentro de Naran, cada emoción se expandió. La sed excesiva que sentía lo levantó en un santiamén, obligándolo a buscar un río de agua dulce cristalina en la que poder saciarse. Si pudiera comparar una sensación con otra, la sed, en particular, se sentía para él, como aquella vez cuando las llamas le habían perforado las entrañas, y respirar era pura agonía. Y entonces, justo cuando comenzaba a sentir su fin, el bastardo se había detenido, interrumpiendo su tortura y haciendo que Quetzalcóatl exhalará en éxtasis. El recuerdo se desvaneció, dejándolo con una picazón en el cerebro que no podía rascar, haciéndole sentir que satisfacer su sed no sucedería hoy.

Mirando el cielo nocturno, cada planeta y estrella distante expandiéndose ante sus ojos, con colores tan únicos, bailando al son de su canción. Sintiendo su cuerpo adquirido envuelto por el agua mientras flotaba, y continuando admirando el gran cielo, hizo que, por un momento, olvidará todo. Por un momento, fue libre, y ese pensamiento lo devolvió a su presente.

Al salir del río, pudo sentir a Naran, un recordatorio de que el bastardo tenía algo en mente. «Y que, si esto es una trampa, ¡no tenía nada hasta ahora! ni siquiera una forma física. Este mundo… es difícil de dejar ir». Sus pensamientos fueron interrumpidos una vez más por la voz de Naran quien gritaba su nombre.

—¡Agh! ¡¿Qué quieres?!

—Nos estás retrasando. El dios nos dio una orden que tenemos que obedecer.

No estaba al tanto de lo que había pasado para recibir tales acusaciones, e incluso si era él quien lo hacía, le irritaba que lo regañarán.

—¡Oh disculpa! No la verdad no. Ese es tu problema, no mío, ¡y él no me ordena!

Sintió una repentina necesidad de dejar a Naran y volver a ser amorfo de energía. «No tiene idea de lo que he pasado por culpa de ese bastardo ¡y aun así quiere que lo ayude a realizar su estúpida misión!», pensó, lo que lo enfureció aún más cuando Naran volvió a hablar.

—Pero él dijo-

—Sólo accedí a compartir mis habilidades. Ahora tienes fuerza y otras cosas, ¡así que cumplí con mi parte del trato!

—El dios dijo que tú me ayudarías.

—"El dios dijo que tú me ayudarías". ¡Escucha bien humano! No me interesa lo que ese bastardo diga. Hicimos un trato y yo he cumplido con mi parte. ¡Ahora déjame solo!

Aferrado a su última pizca de cordura, Quetzalcóatl llenó su mente con la imagen de una silueta femenina familiar. Por un momento volvió a sentir su corazón. El pensamiento de ella hizo todo soportable y al mismo tiempo, lo ayudó a darse cuenta que nada importa. Se sintió culpable de poder oler las hojas o sentir el agua tocar su piel prestada. «Ella hubiera amado este lugar», pensó, mientras que Naran seguía caminando por un camino lleno de grandes árboles. Entonces un recuerdo se presentó con tanta claridad: estaba cerca de un árbol abrazándola mientras salía el sol.

—Podrás mirar el amanecer después, el deber va primero.

La voz de Naran interrumpió el recuerdo, una vez más molestando a Quetzalcóatl en el proceso. No obstante, su irritación se convirtió en curiosidad cuando una imagen extraña apareció ante él. Era un recuerdo que provenía del humano. Después de presenciar el recuerdo, fue más evidente que, alguien cuyo espíritu se había roto, se convirtiera en el recipiente perfecto.

—Entonces, ¿es por esto que te convertiste en un cobarde? —dijo Quetzalcóatl mofándose, lo que enfureció a Naran.

—¡Eso no es asunto tuyo!

—Vaya, mira quien se molestó. ¿Acaso toque un nervio?

—¡Suficiente!

Por primera vez, Quetzalcóatl sonrió. Era divertido olvidarse de sus problemas y torturar a alguien más.

El tiempo corre diferente para Quetzalcóatl, sin importar que esté compartiendo un cuerpo humano. Es como si el tiempo se partiera en dos el de Naran y el de él, pudiendo observar ambos. Aparte de eso los dos ven y sienten lo mismo. Entonces desde el momento que Naran se topo con la primera creatura algo continuaba molestando a Quetzalcóatl, ya que, ese demonio no se veía igual a los que él recuerda. Los detalles de la criatura no cuadran.

El constante lloriqueo de Naran seguía distrayendo a

Quetzalcóatl.

—¡oh por favor podrías relajarte! —dijo y volvió a poner atención al demonio. «Con eso será suficiente».

Habían pasado un par de milenios desde la última vez que miro un demonio, entonces puede ser que hayan cambiado y evolucionado. Mientras continuaba debatiendo tratando de identificar al enemigo desconocido, Naran se encontró con otra criatura, y una repentina ráfaga de adrenalina los dominó a ambos.

—¡Mátalo! —dijo con más desesperación de la que pretendía.

«¿Por qué tengo esta sensación de estar haciendo algo malo?». No podía enfocarse en la emoción porque estaba distraído por el cuerpo de la criatura que yacía en el suelo.

—Recuerda que-

—¡Sí, ya sé! quemar el cuerpo —La rápida respuesta de Naran hizo que, por alguna razón, Quetzalcóatl se sintiera orgulloso.

—¡Relájate! No te lastimarás —dijo Quetzalcóatl, intentando calmar el corazón de Naran para que pudiera llevar a cabo la nueva habilidad correctamente. Le recordaba a un hermano pequeño, alguien a quien quieres proteger y tratar de hacer feliz.

Siguió instruyendo a Naran sobre cómo controlar las llamas para evitar una gran catástrofe. Mientras observaba arder el cuerpo, notó que el fuego no cambiaba de color. «¿Podría ser que no son demonios sino otra cosa?». Unas repentinas náuseas se apoderaron de todo su cuerpo. «Si no son demonios, entonces ¿qué es lo que Naran está matando? ¿Qué estoy ayudando a matar?». Las preguntas solo lo hicieron sentirse peor, y luego el pensamiento de que ella se enterará que, él está ayudando a eliminar una especie entera hizo que, todo su ser se disipará por un segundo. «Está muerta», pensó intentando consolar a su impertinente conciencia.

La historia comenzó a fluir por la mente de Quetzalcóatl; era algo que odiaba hacer, pero es la mejor manera de resolver el rompecabezas. Cuando los demonios comenzaron a crear problemas en la tierra, varias entidades intervinieron, incluido él, intentando asegurar el bienestar de la raza humana. Por cada monstruo que quemó, recordaba ver las llamas cambiar de un naranja a un violeta.

Después de poner un sello en el infierno, la paz regresó a la tierra; hasta que el supremo descubrió que el bastardo de Kinich Ahau, o el dios como Naran lo llama, había estado detrás de todo. «Si el supremo no hubiera sido un fraude, yo estaría libre ahora y ella estaría conmigo». El pensamiento ensombreció su estado de ánimo. Era la razón por la que él evitaba pensar sobre el pasado a toda costa. Se repetía a sí mismo que, no había nada que pudiera hacer para cambiar las cosas. Así era como estaba destinado a ser.

Los pensamientos seguían dando vueltas en la mente de Quetzalcóatl. Qué especie decidió Kinich Ahau camuflar para que ni Naran ni él se dieran cuenta. Temiendo que fueran humanos el dolor comenzó a llenar su alma. Entonces Naran se topó con un joven humano y le ordenó que reuniera a todos en los campos que estaban lejos del altépetl, y exhaló profundamente, sintiéndose vivo de nuevo. «¿Si no son humanos, entonces qué son? No conozco a ninguna otra especie que exista junto a los humanos, especialmente una tan vasta. ¿Y porque Naran está cansado? es casi imposible que él sienta fatiga ahora que estoy dentro de él». Mientras reflexionaba sobre todo esto, seguía notando que los demonios no peleaban primero; simplemente se quedan allí como si estuvieran congelados. Cuanto más se enfocaba en sus ojos, más veía un patrón. Ellos tienen miedo. Lo que significa que Naran estaba matando seres inocentes. Con ese pensamiento en mente, trató de hacerle ver más allá del grotesco exterior de las criaturas.

—¿No te parece extraño?

—¿Qué es extraño?

—Ellos no te atacan.

—Eso es porque soy veloz.

Y con eso se dio cuenta que no importa lo que le diga, Kinich Ahau le había lanzado un hechizo profundo. «Y esos son muy difíciles de eliminar». Reconoció en base a su propia experiencia.

Incluso sabiendo esto, no explicaba por qué no podía ver la forma adecuada de estos seres. Veía las mismas criaturas horribles que estaba viendo Naran. ¿Por qué Kinich Ahau iría a ese extremo? Además, ¿por qué le pidió esto a Naran si él mismo hubiera podido matar a todas estas criaturas con un simple chasquido de dedos? El rostro de ella apareció, cortando justo en medio de sus preguntas. «Si estuvieras en mi posición, lucharías y no te darías por vencida como lo hice yo». Este pensamiento lo hizo intentar una vez más, pero fue en vano. «Ya no hay nada que lo detenga, lo que significa que el plan de Kinich Ahau es mucho más grande de lo que había anticipado».

Continuación en el tiempo de Naran

Capítulo 5

De pie afuera del chantli del Tecuhtli de Teotihuacán, el pecho de Naran seguía subiendo y bajando más rápido de lo habitual para su nuevo estado. Con la punta de la espada tocando el suelo y su mano cuanto apenas pudiendo sostener la empuñadura, fácilmente podría pasar como protagonista de una de esas leyendas que había escuchado cuando el valiente héroe se detuvo, con el arma en la mano, chorreando sangre, exhausto después de haber salvado al mundo. Pero no se sentía así. Había algo dentro de su cabeza, algo que lo hacía sentirse ansioso y desorientado.

Miro hacia el cielo notando las nubes grises que lo rodeaban.

—He hecho lo que me has pedido —dijo con voz baja y melancólica.

Gotas de agua comenzaron a golpear su cara. Una presión repentina apareció en su pecho, seguida de una enorme cantidad de dolor, haciéndolo caer hincado. Justo cuando sentía la muerte cerca un grito escapó de sus labios. *«Esta fue tu decisión, ¡ahora enfrenta las consecuencias!»* le dijo Quetzalcóatl y por primera vez sintió consuelo en sus palabras, como si Quetzalcóatl pudiera entender lo que él estaba sintiendo.

La lluvia comenzó a apagar las llamas restantes de algunos de los cuerpos, como si quisiera tapar la masacre, tratando de reparar el daño, pero fue infructuoso. La tierra se quedó en silencio.

Por muchos años Teotihuacan fue la más extensa y bulliciosa altépetl de todas. La que tenía un poco más de orden y de reglas. Ahora es como si nunca hubiera existido.

Naran tenía un estanque bajo sus pies, era una mezcla de sangre, agua y lágrimas. Su ropa se encontraba parcialmente limpia; sin embargo, su alma tenía manchas, muchas de ellas. Del tipo que no se quitan sin importar cuántas veces lo laves. Su mente lo llevo a un lugar oscuro, uno que había evitado durante muchos años; que eligió ignorar pero que ya no podía más. Por más que quiso nunca pudo olvidar, y mientras observaba la sangre gotear lentamente de sus manos y saborearla en sus labios, sabiendo muy bien que la sangre no era suya, la cordura comenzó a dejarlo.

—¡Buen trabajo!

El dios Sol apareció, pero Naran no se molestó en mirarlo; no se preguntó cómo y cuándo o si lo había visto todo. Sus palabras solo hicieron que su corazón se rompiera.

—Entonces, ¿por qué me siento así? —su voz, por primera vez desde que conoció al Sol y a Quetzalcóatl, era débil y cuanto apenas se escuchaba.

El Sol se hinco por un lado de él lo miró a los ojos y dijo:

—¡Has salvado a todos!

Naran quería creer, colgarse de esas palabras, pero el sentimiento de estar haciendo las cosas mal era la única cosa que se sentía genuina y verdadera.

—¡Has hecho un trabajo magnífico! —dijo Sol nuevamente, tomando a Naran de los hombros y lentamente ayudando a ponerlo de pie. La sonrisa del dios hizo que sus intestinos se retorcieran; su mente se quedó en blanco y se desvaneció hacia la nada.

Capítulo 6

Una brisa fría cubrió su cuerpo y una risa distante resonó en el lugar oscuro. Trató de levantarse, palpar el suelo intentado encontrar algún tipo de apoyo, pero todo estaba vacío. No sabía si sus ojos estaban abiertos o cerrados. El pánico se apoderó de él y lo hizo correr. Pero, ¿cómo podría saber si estaba escapando si no había dirección? Se sentó, sosteniendo sus rodillas sobre su pecho, «*Naran*», dijo un susurro distante. Trató de responder y se dio cuenta de que había perdido la voz. Estaba atrapado dentro de la nada.

—Esto es lo que él hace.

El susurro se convirtió en una voz; una voz masculina. Naran no pudo identificar de dónde venía exactamente.

—Él no es luz y tu solo eres su peón.

Comenzó a formarse una figura, la cual, solo los ojos eran visibles. Algo en la figura le resultaba familiar.

—Estás roto.

La voz se hizo más evidente y la figura se acercó lo suficiente para que Naran notará que se parecía a él excepto por los ojos.

«¡Quetzalcóatl!», pensó.

—¡Precisamente! Mi querido hombre vacío.

Se quedó quieto, mirando a Quetzalcóatl moverse, observando las partículas de luz que lo seguían mientras caminaba.

—Yo también me preguntaba porque él te había elegido. Ahora ya sé. Estás vacío. Todo humano tiene algo en lo que creer, algo por lo que pelear, incluso si es un pequeño sueño. Tú, por otro lado, perdiste todo cuando tu madre murió. Si tan solo hubiera muerto por causas naturales.

Trató de gritar, queriendo que se detuviera, pero Quetzalcóatl seguía ignorando sus lágrimas; su dolor.

—Quizás las cosas hubieran sido diferentes para ti, pero no cambia el hecho que tu gente la mato, las mismas personas que aseguraron tu protección. Las mismas personas que decían ser buenos y mataban cuando la lluvia escaseaba.

»Oh, pero no fue culpa de esas personas, ¿verdad? No me malinterpretes, son personas despiadadas porque no fue suficiente con matar a tu madre y obligarte a mirar. No, te dieron un tecpatl. Te dieron un arma y una opción, pero lo peor fue que fuiste demasiado débil para usarla y defender a tu madre.

Los recuerdos le volvieron abruptamente, y lo vivió todo, una vez más, como lo hacía todas las noches en sus pesadillas. El rostro pálido de su madre, los ojos llenos de miedo, que le rogaban que se detuviera. Sí, le dieron dos opciones y eligió salvar su propia vida acabando con la de ella.

—La mataste sin dudarlo, como mataste a esas criaturas.

Sintió que su mente se hacía añicos; que cada pensamiento lo derretía y quemaba su piel; que la culpa lo consumía hasta los huesos.

—Pensaste que podías seguir adelante, fingiendo que había sido una orden que no podías rechazar.

«¡Por favor para!», sus labios se movieron, pero no salió ningún sonido.

—Tuviste una elección y tomaste una decisión.

Quetzalcóatl puso su mano izquierda sobre el hombro de Naran y apoyó el dedo índice de su mano derecha directamente sobre su corazón.

—Tu. Estas. Roto —dijo presionando su dedo con cada palabra. Fue tal la fuerza que en la última que Naran comenzó a sentir un dolor y una agonía tan intensa que una vez más se desvaneció hacia la nada.

Pensamientos erráticos mantenían su mente dando vueltas y en constante dolor. No podía concentrarse en las imágenes que se le presentaban. Se preguntó si estaba muerto, vivo o dormido. Después de unos momentos —o podrían haber sido décadas—, captó la silueta de una mujer morena de ojos suaves y largo cabello negro.

—¡Mamá! —Pronunció involuntariamente porque el corazón siempre recordará lo que su mente trató de olvidar.

Su madre le sonrió, haciéndole sentir que ella estaba realmente ahí. Las lágrimas comenzaron a aparecer en sus ojos, y por primera vez desde ese horrible día, dejó salir todo.

—¡Lo siento! —solloza—, ¡lo siento mamá! —Su corazón se rompió de nuevo bajo su cálida mirada, y parecía que ella podía escucharlo—. No pude salvarte. ¡Yo terminé con tu vida! ¡Yo fui! —Se llevó la mano al pecho, como si quisiera arrancarse el corazón.

La única persona que lo había amado incondicionalmente. La

mujer que lo parió, que cocinaba sus comidas favoritas, que atendía sus heridas con besos y abrazos, la única que merecía ser feliz estaba muerta, por la mano de su propio hijo.

—¡Yo fui!

Poco a poco comenzó a disiparse convirtiéndose en parte de la niebla. Trató de detenerla, de tomar su mano, pero fue inútil.

—¡Perdóname! —gritó mientras su mente se hundía en la nada una vez más.

Capítulo 7

El dolor de sus músculos desgarrados le hizo abrir los ojos. Trató de moverse, pero sus piernas no respondieron. Lo peor no eran sus músculos, sino el dolor en su pecho. Su mente estaba en caos. Cada vez que intentaba enfocar su visión en algo, el resultado era una forma borrosa, lo que hacía más difícil identificar dónde estaba. Lo único que permaneció intacto fue su oído. Podía escuchar el sonido del viento que susurraba entre las hojas, la melodía de los pájaros y la respiración de una persona.

—¿Quién está ahí?

—Soy yo, relájate. Trata de enfocarte en mi voz. —La voz tranquilizadora del Sol calmó su corazón—. Por un segundo creí que te había perdido.

Inmediatamente una sensación de seguridad y bienestar cubrió todo su cuerpo, pero solo duró un momento. Sin previo aviso, las imágenes de los demonios muertos aparecieron en su visión.

—Respira Naran, ¡todo salió estupendo!

Parecía que el Sol conocía los pensamientos turbulentos que

tenía. Abrió y cerró los ojos varias veces. Al reconocer su chantli, un suspiro escapó de sus labios «fue solo un sueño», pensó.

—¿Cómo te sientes? —La pregunta lo forzó a regresar al presente—. Has pasado por muchas cosas. Para haber sido tu primera misión, ¡hiciste un fantástico trabajo!

Las imágenes de los cuerpos siendo quemados y la sangre por todos lados lo hizo vomitar.

—¡Puaj! Tu… ¡los humanos son asquerosos!

«Quetzalcóatl tuvo la misma reacción», descartando el pensamiento rápidamente y limpiando su boca. Trató de recordar cómo había llegado a su chantli.

—¿Qué sucedió? —finalmente pregunto, incapaz de encontrar una respuesta por sí mismo.

—¿Te desmayaste o moriste? no estoy seguro. Parece que mi pequeña mascota no hizo su trabajo.

—¿Te refieres a Quetzalcóatl?

El Sol se tensó y volteo a verlo estudiando cada movimiento.

—¿Entonces ya te dijo?

—¿Decirme qué? ¿su nombre?

—¿Solo su nombre? —preguntó el sol, la tensión traicionando su comportamiento ordinariamente alegre.

—Si.

Eso fue suficiente para que cada músculo en el cuerpo del sol se relajará. «Parece que le tiene miedo a Quetzalcóatl». Por un momento su mente se aclaró y recordó la conversación que habían tenido.

—Dijo que yo era solo su peón.

El Sol se rio y se inclinó poniendo su mano encima del hombro de Naran.

—Ignora esa cosa. Él es solo parte de mi... bueno la parte repugnante. Tú y yo tenemos muchas cosas importantes por hacer y que estuvieras dormido por una semana atrasó mis planes —dijo con total serenidad.

A pesar de que nadie en la historia —acorde al conocimiento de Naran— había decidido ir en contra de los deseos de un dios, después de haber casi muerto, y recordado su pobre madre, tenía que al menos intentarlo.

—Ya-ya no quiero seguir haciendo esto.

—¡¿Qué?! —La voz áspera del Sol coincide con la versión tensa y malhumorada que Naran apenas había descubierto.

—Te-Termine. —Se puso de pie sintiéndose mareado. Pero el sol bloqueó su paso.

—No creo que me hayas entendido... —Extendió su mano hacia un rayo de luz y comenzó a manipularlo y doblarlo como si fuera un objeto. Para Naran, parecía que estaba creando una flecha similar a la forma que usó en el Tecuhtli del altépetl Olmeca— no te estaba preguntando.

Tomó la flecha luminosa y golpeó directamente en el centro de su cabeza, borrando todas las dudas, desvaneciendo las imágenes y recuerdos de conversaciones con Quetzalcóatl.

Al despertar con una jaqueca espantosa, Naran encontró al dios sentado por un lado de él.

—¿Qué pasó?

—Un demonio poderoso te atacó por detrás. Llegué justo a tiempo.

Mientras cerraba sus ojos, surgieron en su mente, imágenes borrosas de él cayendo al suelo y siendo atacado por una de las criaturas con un tecpatl. No obstante, algo se sentía fuera de lugar, como si este recuerdo no debiera pertenecer en su cabeza, ¿lo había soñado? Levantándose con cuidado con la ayuda del dios, lentamente comenzó a recuperar su fuerza. Salieron del chantli y comenzaron a caminar nuevamente hacia algún lugar desconocido.

Algo le seguía molestando. No podía comprender qué era, pero sabía que algo estaba mal, «¿podría ser que el demonio me atacó con un hechizo y eso afectó mi mente?» se preguntó. Pensar sobre eso solo hacía que su cabeza se sintiera peor.

—¿Estás bien? Has estado muy callado.

«Suena muy amistoso, pero hay algo que-»

—¿Me escuchaste? —El Sol interrumpió su línea de pensamiento, obligándolo a volver al presente.

—Si por supuesto, es solo que tengo mucho dolor.

—¡Ah! eso es entendible casi mueres. Es perfectamente normal.

Naran simplemente asintió con la cabeza, no queriendo usar su voz por temor a que lo traicione, y al mismo tiempo notando que esta era diferente a lo que él recordaba.

—Descubrí que hay una gran congregación de demonios en el altépetl Tolteca. Para ser más precisos, un ejército. ¿Puedes creerlo?

Naran dejó de caminar.

—¿Por qué ocuparían un ejército? —dijo ansioso y preocupado.

—Debieron haber escuchado que alguien los estaba matando. Supongo que los monstruos temen no poder vencerte.

—Si un demonio casi lo logra, no puedo imaginar lo que una horda hará.

—Es por esto que ahora lo haremos diferente.

—¿A qué se refiere?

El Sol volteo y tomo a Naran de los hombros.

—Tú tendrás que pretender ser uno de ellos. —retiró sus manos—. A las afueras de Tula, hay un pequeño grupo de demonios —comenzó a caminar de un lado a otro—, para cuando llegues al altépetl, los demonios ya habrán tomado el control. Estos demonios son como ningún otro que haya visto. Pueden absorber a los humanos y aprender todos los aspectos de sus vidas —dijo el dios con exasperación—, entonces, creo que será más seguro para los altépetl cercanos si suplantas al Jefe Demonio y tratas de controlarlos.

—¿Jefe?

—Significa Tecuhtli en tu idioma. —Se detuvo y lo miró—. Que no se te ocurran ideas estúpidas. Estas criaturas no te mostrarán piedad. No dudes en atacar.

Naran se quedó quieto, escuchando las palabras que salían de la boca del Sol. Sabía que eran importantes, pero no podía encontrarles sentido. Su mente había comenzado a dudar de nuevo.

—Lo único que quieren es deshacerse de todos los humanos.

Hubo más instrucciones y detalles, pero pasaron desapercibidas por Naran. «Parece diferente. Ya no hay luz rodeando su cuerpo y en sus ojos hay un poco de desesperación, y-»

—¡Naran! Te estoy hablando de cosas importantes —El sol sacudió sus hombros, lo que lo obligó a descartar todos los pensamientos y preocupaciones—, concéntrate.

—Si, si lo escuche. Ir a Tula y pretender ser…ser…

Exasperación es lo que estaba provocando en el dios Sol.

—Pretender ser el Jefe Demonio. Lleva el nombre de Ce

Acatl —al decir esto último una pequeña risa apareció en sus labios—. Esto solo prueba lo rápido que están suplantando el comportamiento humano. Es por esto que debes tomar su lugar —se volteó y con severidad dijo—, este Jefe Demonio ha creado un ejército y tú los guiarás a su perdición.

—Cómo pudieron crear un ejército si apenas-

—¡No importa cómo o cuándo! —el Sol se tomó un momento para calmarse y poder continuar—, lo que importa es que vayas ahí, tomes el lugar de Ce Acatl y los destruyas de adentro.

Se mantuvo en silencio, escuchando todo lo que el Sol decía y lo siguió en dirección a lo que podía imaginar era Tula.

Capítulo 8

No había necesidad de molestar al dios con sus pensamientos, pero sus pensamientos seguían apareciendo y no podía evitarlos «¿cómo llegué aquí exactamente? ¿Y cómo es que pude matar a todas esas criaturas sin ningún tipo de ayuda? Algo falta, algo importan-»

—Naran.

Parece que cada vez que está a punto de descubrir la verdad el dios lo interrumpe.

—Dígame.

—Déjame contarte una historia, mi historia para ser precisos. —Abandonó todo pensamiento y se puso alerta, acercándose al dios para no perderse ningún detalle—. Hace muchos milenios, antes de que existiera alguno de los de tu especie, este mundo estaba lleno de tranquilidad, naturaleza y fauna. Estaba en perfecto equilibrio. Recuerdo que el cielo tenía un color más vívido y el aroma del aire era el más puro.

»Mi familia, la gente con la que crecí, decidió que era hora de dejar este mundo porque pronto aparecería un nuevo tipo de criatura, similar a nosotros. Unos días después de la noticia, vi aparecer a un grupo de humanos de la nada, bueno no, eso sería mentira porque venían de algún lado, pero no sabría decir de dónde exactamente. Se nos ordenó no molestar a los de su clase y volvernos invisibles si queríamos permanecer aquí.

»Las cosas que comes, los bailes, la forma en que te comportas, la necesidad de creer en algo más elevado y la forma en que los de tu clase demuestran afecto; todo era tan diferente, de todo lo que había visto en mi vida. Cuando empezó el huentli, los sacrificios, el dolor, las lágrimas, no pude evitarlo. Pensé que, si les hacía saber que depende de ellos, que no hay necesidad de morir, que estarán bien simplemente volviendo a ese afecto, esa forma tan única de amar, todo estaría bien. Ese fue el primer error que cometí. Una vez que me hice visible para ellos, sentí cada corazón latiendo, sentí toda esa necesidad y deseo, y ya no podía alejarme. Tenía que quedarme.

»Una humana, en particular, era como ninguna otra mujer. Nunca había sentido tales cosas por otro ser, ni siquiera por mi especie. Había roto tantas reglas con solo mostrarme; y enamorarme, un término que aprendí de los de tu especie, seguramente me traería la muerte. Y la muerte no es indolora. Para nosotros, la muerte es una destrucción constante de cada partícula de nuestro cuerpo por el resto de la eternidad. Sabía esto y, sin embargo, continúe persiguiendo este sentimiento.

»No fui el único que quedó cautivado por los de tu clase. La diferencia era que él deseaba el amor de cada ser humano. Quería ser el único que recibiera admiración; no le importaban los sacrificios siempre y cuando fueran hechos para él.

El dios Sol dejó de caminar y se sentó en un texcalli, se notaba nostalgia en sus ojos al recordar el pasado. Se sentó en el suelo escuchando atentamente al Sol como si fuera un Teopixqui, alguien que merece su total devoción.

—Los ancianos de nuestra especie descubrieron que había alguien promoviendo masacres y manipulando a los humanos, pero no estaban seguros de quién era. Decide quedarme en silencio porque si les contaba, él también les hablaría de mí y no podía permitirme perderla. Por lo tanto, permanecí indiferente a los horribles eventos que se desataron sobre los de tu especie.

»Ella era el aire que necesitaba para sobrevivir. Incluso descubrí una forma de ser humano, para poder ver el mundo como ella lo veía, pero esto me costó más de lo que podría haber imaginado.

Se detuvo y miró hacia el cielo. Parecía que intentaba detener las lágrimas. «Se ve tan vulnerable».

—Me dijo que todo lo que tenía que hacer era crear una distracción, una simple distracción, y una vez que hiciera esto, él me ayudaría a convertirme en humano. No me importaban los detalles. Solo me preocupaba por ella. Hice lo que me dijo, y justo cuando pensé que me concedería mi deseo, ella se enteró de lo que hice para convertirme en humano. Digamos que la muerte fue menos dolorosa que cómo me sentí por cómo me miró. Ella se apartó de mí. Él la convenció de que me delatará. ¡Y decidió creerle a ese bastardo! —Se quedó en silencio, y para la sorpresa de Naran una lágrima rodó por su mejilla. «No sabía que un dios podía llorar» pensó, y con todo su corazón intento creerle esta historia—. Limpiar al mundo del mal arreglará las cosas. Ella estará feliz y tal vez llegue a perdonarme. ¿No harías todo lo posible para ser perdonado por la única persona que te amo de verdad?

Naran contuvo el dolor repentino que amenazaba con

aparecer, junto con sus arrepentimientos. Necesitaba creer que las palabras pronunciadas por el Sol eran genuinas.

—¿Qué pasó después? —dijo Naran tratando de ignorar sus pesares.

El dios suspiro y lo miró directamente a los ojos.

—Hizo suya mi historia. La ira es mucho más poderosa que el amor y pude cambiar mi vida por ella, pero esta acción nos unió, haciendo que cada uno conserve parte del otro.

—No entiendo. ¿De quién estás hablando?

El sol miró el suelo por un breve instante y regresó su mirada a Naran sin responder, como si estuviera debatiendo el continuar o no.

—Lo conociste… Quetzalcóatl —dijo finalmente.

Cuando Naran escucho el nombre, todo regresó abruptamente, y algo dentro de él se rompió en mil pedazos.

No lograba entender qué era lo que estaba haciendo mentido en una guerra de dioses. Él no pertenecía ahí. «Esta no es mi pelea» pensó, mientras que llevaba su mano a su pecho. Sintió el latido de su corazón como un órgano desconocido que apenas había usado, como si estuviera experimentando por primera vez lo que era tener uno.

—¡Termine! —le gritó al dios poniéndose de pie y alejándose.

—Se que esto puede que no se sienta bien para ti —dijo el dios Sol haciendo que el enojo que Naran estaba sintiendo aumentará.

—¡No me interesa! ¡Termine contigo y con Quetzalcóatl! —habiendo dicho eso comenzó a caminar hacia adelante, aunque le costó bastante esfuerzo.

—¿Quieres saber por qué te elegí?

Esa simple frase hizo que Naran se derrumbara al instante, y que las lágrimas comenzarán a rodar.

—No quiero saberlo —dijo con voz quebrada. «Ya no me importa. Quiero morir. ¡Déjame morir!» suplicó, aunque solo fuera en sus pensamientos.

—Naran, ¿sabías que los humanos pueden reencarnar?

—¡¿Qué mierda estás diciendo?! —Por primera vez desde que su madre falleció, se permitió maldecir. Hace tiempo, juro no maldecir en honor a la memoria de su madre, pero en este instante nada de eso importaba.

—Lo más curioso es que siempre tienes los mismos ojos; así es como pude encontrarte, sin importar cuantas veces reencarnes. Tus ojos se mantienen igual. Son, después de todo, el reflejo de tu alma.

—¡Me estás jodiendo! ¡YO NO SOY ELLA!

El sol se acercó a Naran que seguía en el suelo, y se hinco frente a él.

—Déjame mostrarte.

—¡No! —grito, pero el Sol hizo caso omiso.

Tomó la cabeza de Naran y mientras lo hacía imágenes de una joven muchacha comenzaron a aparecer. Luego comenzó a cambiar, diferentes personas, diferentes escenarios y todos ellos tenían algo en común, los ojos eran iguales; y extrañamente se le hicieron familiares. Además, por alguna razón desconocida, los poseedores de tales ojos eran asesinados siempre por un evento trágico. Ninguno de ellos parecía llegar a la vejez.

Las imágenes seguían parpadeando y la historia que el Sol había contado se desarrolló frente a los ojos de Naran. Lo último que vio fue, un día lluvioso en un campo, e innumerables cuerpos sin vida yacían a los pies de Quetzalcóatl, haciendo que Naran saliera del encantamiento.

—¿Qué fue lo que hizo Quetzalcóatl? —era la única pregunta que le interesaba escuchar la respuesta.

—¿Ahora me crees? ¿Ahora, te das cuenta de quién es el verdadero villano? —dijo el Sol ignorando la pregunta de Naran.

Podía suponer que Quetzalcóatl había masacrado a humanos como él había matado a una especie entera. Aunque, después de todo esto, algo parecía estar mal.

—Pero no tiene sentido.

—Algunas cosas jamás lo tienen.

Al alejarse del Sol, tratando de tomar aire, Naran sintió que el caos se agitaba dentro de él, como si estuviera tratando de agarrarse del borde de un acantilado, sabiendo que, si lo soltaba, no habría vuelta atrás. «¿Qué más puede pasar? Maté a mi madre. No importa quién era en mi vida pasada, en esta soy un asesino, un criminal que siguió órdenes a ciegas y mato a un montón de criaturas lamentables que ni siquiera sé si son tan malas como el dios Sol dice que son. Aun así, tengo sangre en mis manos incluso antes de eso. Es por esto que no hay esperanza para mí. Desde el comienzo de mi existencia en el cuerpo femenino, he traicionado a las personas que me amaban. Ninguno de nosotros merece vivir, ni el Sol, ni Quetzalcóatl, ni yo. La humanidad habría sido tan pacífica sin nosotros. Ahora es demasiado tarde, no hay vuelta atrás y, si soy sincero, dejé de preocuparme por cualquier otra cosa en el momento en que le quité la vida a mi pobre madre». Con todos estos pensamientos inquietantes que rondaban por su mente, dándole la espalda al Sol pronunció las siguientes palabras:

—Por lo que sé, somos los villanos. No me importa si soy ella o no. Quieres que siga matando a estos supuestos demonios malvados; bien, lo haré. Y cuando llegue el momento, todos caeremos. —Se quitó el polvo de la ropa y miró al Sol con una mirada de disgusto tan intensa que ni siquiera el dios pudo soportarlo—. Hasta ahora, todos han tenido voz en mi vida; me han manipulado e incluso en todas mis vidas anteriores, según tú, siempre me matan. Haré esto por ti, pero nada más. ¡Después de eso, he terminado! —dijo Naran con determinación.

Capítulo 9

Se escabullo en el chantli del Ce Acatl. Esta vez no le molestaba el olor putrefacto y la perturbadora apariencia de la criatura. Se movió con sutileza colocándose detrás del monstruo para tomar su cabeza y matarlo con un movimiento rápido y conciso.

—¡Quetzalcóatl! —dijo con voz grave, sin importarle si alguien escuchaba—. ¡Muéstrate! —demandó con firmeza. Ya no sentía timidez ni la creencia de que era inferior a los demás.

La figura sombría de Quetzalcóatl se deslizó del cuerpo de Naran al suelo, transformándose en alguien sin labios.

—No me interesa si escuchaste al dios Sol o no. No me importa lo que tú quieras. De ahora en adelante seguirás mis órdenes. ¡Reduzcamos este lugar a cenizas!

—¿Por qué estás tan seguro de que haré lo que me pidas?

—Si la historia que escuche es cierta y yo soy esa mujer, tú me debes por manipularme. —Quetzalcóatl bajó la mirada como si estuviera afligido, haciendo que por un instante Naran dudará.

—Necesito verme como eso —dijo apuntando al cuerpo sin

vida que yacía en el suelo. Quetzalcóatl solamente asintió y volvió al cuerpo de Naran.

El contacto con las criaturas era inevitable. Pero, intentaba retrasarlo tanto como fuera posible. Comenzó por evitar salir del chantli y gruñir cuando alguien intentaba entrar. Quería que le temieran. No solo tenía que pretender ser Ce Acatl —cuyo nombre suena familiar por alguna razón— también tenía que enfrentar las imágenes de sus vidas pasadas que seguían apareciendo en su cabeza, haciendo que enfrentar a Quetzalcóatl fuera imposible. Quizás era difícil porque sus historias involucran la pérdida de alguien a quien amaban, por sus acciones.

Toda esta situación lo frustraba. Algo no estaba bien, especialmente con esos ojos. Si él era esa persona que vio en todas esas vidas, entonces ¿por qué esos ojos le parecían familiares y extraños al mismo tiempo?

Perspectiva de Quetzalcóatl

Capítulo 10

Quetzalcóatl fue testigo de cómo se desarrollaba la vida de Naran frente a sus ojos, comenzando por su infancia. Cada que se lastimaba mientras jugaba, buscaba a su madre, quien lo consolaba con un beso, o un "todo estará bien" que curaba sus heridas. Luego, el trágico momento en que le quitó la vida.

—La mataste sin dudarlo, como mataste a esas criaturas. — Quetzalcóatl sabía que sus palabras hirieron profundamente a Naran. A pesar de eso, no era suficiente y en el intento de querer hacerle aún más daño se apoderaron de él emociones encontradas. No podía comprender cómo alguien que decía amar a una persona podía ignorar ese sentimiento por completo y acabar con su vida. «¡Por favor para!», los labios de Naran pronunciaron, pero ningún sonido se escuchó.

—Tuviste una elección y tomaste una decisión.

Quetzalcóatl decidió hacerse cargo del asunto y acabar con la vida de Naran.

—Tu. Estas. Roto.

Con esas últimas palabras, presiono con su dedo índice,

contra el pecho de Naran, perforando su corazón, y observo cómo Naran lentamente caía a su muere.

Sabía que en el momento en que terminará con la vida de Naran, también terminaría la suya, que se convertiría en nada, ni siquiera en una sombra, sólo una voz llevada por el viento, que nadie nunca notará. Sintiendo el cargo de conciencia a flote pensó, «he matado a humanos inocentes, de menos esta vez, este humano se lo merece», y con eso elimino su culpa. Aunque, en el fondo, una parte de él le reclamaba que, no le corresponde decidir quién es digno y merecedor de vivir.

A Quetzalcóatl nunca le importaron las acciones de los demás y, de alguna manera, se vio a sí mismo en Naran. Siguiendo órdenes sin considerar las consecuencias, tratando de salvarse a costa de otra persona, y en ambos casos, la mujer que amaban, la única persona que les importaba, murió. Darse cuenta de esto trajo una densa oscuridad que lo consumió y lo redujo a la nada. Dejándolo solo con nostalgia e ira. Entonces empezaron a aparecer pensamientos inquietantes. Todos esos años, condenado a estar con el mismo ser que había destrozado su amor, ¿y todo para qué? ¿Para darles una oportunidad a los humanos, los mismos humanos que matan, sin importarles a quién? pero ¿quién era él para juzgar cuando también había matado para su beneficio?

La oscuridad y el vacío que lo rodeaban comenzaron a abrumarlo. Su fin había llegado. Al menos esta vez, fue de su mano. Ni siquiera dolió en comparación con la primera vez. Si tan solo no hubiera actuado precipitadamente y hubiera intentado encerrar a Kinich Ahau con su ser. Pero no tenía sentido pensar en qué pasaría si; después de todo, no había nadie a quien culpar más que a él mismo. Había intentado actuar valientemente y ser el héroe, todo para aliviar su conciencia que ni siquiera sabía que poseía.

Había logrado disminuir el poder de Kinich Ahau, pero sus pecados eran un punto débil, uno que Kinich Ahau aprovechó para reducirlo a una mísera sombra. «No tiene sentido estar recordando el pasado ahora», pensó de nuevo, mientras el dolor comenzó a convertirse en tristeza. Lentamente, su mente comenzó a disiparse. La oscuridad fue todo lo que quedó.

De entre las oscuridades una pequeña luz comenzó a brillar en la distancia. Se fue acercando poco a poco. Y tan pronto como empezó terminó. Quetzalcóatl comenzó a existir nuevamente, a sentir nuevamente. «¿Qué está pasando?» se preguntó mientras escuchaba el latir del corazón de Naran.

—¿Creíste que te iba a dejar ir tan fácil? —Escuchó la voz de Kinich Ahau y estaba seguro de que no se lo estaba diciendo a Naran. Estaba dirigido a él—. ¡Quetzalcóatl eres tan estúpido! Acabas de condenarte a ti mismo. —Sus palabras parecían contener ira teñida de un toque de angustia, lo que hizo que Quetzalcóatl se preguntará, ¿por qué exactamente había revivido al humano?

Naran comenzó a respirar de nuevo y, en cuestión de segundos, tenía los ojos abiertos. ¿Acaso Quetzalcóatl estaba siendo testigo de la posibilidad de que Kinich Ahau se preocupará por la vida de otra persona?

—¿Cómo te sientes? —Kinich Ahau preguntó con tanta ternura que incluso él podría haber creído que era un buen dios.

Escuchó la conversación con atención y sintió que algo andaba mal, pero no podía identificar qué era. *Quetzalcóatl tuvo la misma reacción*», escuchó el pensamiento de Naran, y por un momento, una pizca de esperanza comenzó a formarse en la cabeza de Quetzalcóatl.

Naran seguía ocultando detalles esenciales y Kinich Ahau se lo creía. Pero de pronto todas las esperanzas murieron cuando Naran pronunció "dijo que yo era solo su peón". No tenía sentido intentar luchar contra Kinich Ahau ahora. Habían perdido.

No muchas reliquias divinas habían sobrevivido a la primera guerra, y las que sí estaban ocultas. Sabiendo esto Quetzalcóatl observó, horrorizado, cómo usaba Lihtnao contra Naran. «Qué conveniente que de todas las reliquias que podría haber poseído, tiene la que es lo suficientemente poderosa como para borrar dudas y desaparecer recuerdos, sellándolos para siempre». Esto significaba el fin de Quetzalcóatl. Con tristeza, vio como Kinich Ahau le lavaba el cerebro a Naran, bloqueando cualquier comunicación entre ellos. «Tal vez esto es lo mejor que pudo haber sucedido». No había nada que Quetzalcóatl quisiera de un humano que era fácil de manipular y que era un constante recordatorio de sus errores pasados.

La muerte era lo único que Quetzalcóatl pensaba que tenía control, y ahora, resultó que también había fallado en eso. Estaba condenado a ver pasar los días ante él y no poder hacer algo al respecto. Naran seguirá haciendo lo que quiere Kinich Ahau, matando a esas criaturas que podrían ser los restos de una especie entera. Ahora bien, ¿por qué le importaba?

Naran y él no eran tan diferentes. Ambos habían justificado sus acciones por el amor que tenía hacia una mujer. Fueron hechos el uno para el otro. También compartían la incapacidad de enfrentarse a Kinich Ahau. Si bien es cierto que no puede acabar con él, Quetzalcóatl sabía que tenía el poder suficiente para, al menos, arruinar sus planes. Incluso estando en esta forma débil a la que lo había reducido.

Cada vez que reúne el valor suficiente para hacer algo, la imagen de su difunta amada cruza por su mente y lo detiene. «¿Por qué seguir luchando si ella ya no está viva? ¿Para qué salvar a los humanos, o un solo humano, si la única que merece ser salvada ya no existe?». Una cosa era segura, ninguna entidad de su raza sería capaz de soportar las cosas que él hizo y seguir adelante como si todo estuviera bien. Él era diferente o tal vez había cambiado para ella, ¿quizás se había vuelto más humano? «Yo fui humano por un breve instante ¡y no me llevó a ninguna parte!» pensó mientras que el recuerdo doloroso se reproducía frente a sus ojos.

La luz volvió a rodear a Quetzalcóatl, lo que solo podía significar que Naran había comenzado a despertar. Lamentablemente, incluso si la cabeza de Naran estaba hecha un desastre, estaba listo para atacar a la orden de Kinich Ahau.

Lo que más odiaba Quetzalcóatl de Kinich Ahau era que siempre encontraba una debilidad, un trauma personal, algo que podía usar contra sus víctimas para mantenerlas a raya. Entonces, no fue una sorpresa cuando escuchó a Kinich Ahau narrar la vida de Quetzalcóatl como si fuera suya. «No es suficiente con que me hayas robado mi cuerpo. ¿Ahora también te robarás mi historia?» pensó mientras flotaba en la nada preparándose para revivir su pasado una vez más.

Después de todo lo que había pasado, había comenzado a olvidar los sentimientos que había vivido. Al escuchar el relato de Kinich Ahau que, magistralmente logro describir cada emoción y sentimiento olvidado. Escuchar lo que ocurrió hace milenios, ser pronunciado en voz alta, le hizo sentir como si acabará de suceder la noche anterior. Cada palabra se convirtió en una daga que le atravesó el corazón y, una vez más, fue recordado que tenía uno.

Kinich Ahau terminó la historia, dejando caer algunas lágrimas, como hizo Quetzalcóatl cuando vio el cuerpo de su amor sin vida. «Pensé que te importaba. Por un momento creí que te dolía verme tan roto cuando ella falleció. Claramente, estaba alucinando». No estaba seguro de si Kinich Ahau podía escucharlo, pero necesitaba decirlo, incluso si era solo internamente.

Naran empezó a caer en la trampa. Aunque era una historia real, Kinich Ahau no fue la víctima, en todo caso, fue el cerebro que lo orquestó todo.

—¿Qué pasó después? —Quetzalcóatl escuchó preguntar a Naran y su tono de voz sugirió una remota posibilidad de que no confiaba en la versión de los hechos que Kinich Ahau le había contado.

—Hizo suya mi historia. La ira es mucho más poderosa que el amor y pude cambiar mi vida por ella, pero esta acción nos unió, haciendo que cada uno conserve parte del otro.

«¡Mentiroso!» grito Quetzalcóatl con enojo sintiéndose inútil «¿Cómo pudiste hacer esto? ¿Qué más quieres?».

—No entiendo. ¿De quién estás hablando? —Dudas se comenzaban a formar en la cabeza de Naran «¿Podría ser posible que haya una oportunidad después de todo?».

—Lo conociste… Quetzalcóatl.

Cuando Naran escuchó ese nombre, el sello que confinaba los

recuerdos reales se desvaneció, rompiendo a Naran en el proceso. Nunca antes había sucedido eso. Una vez que alguien es hechizado con Lihtnao, es imposible romper el sello. Sin embargo, aquí estaba presenciando el caos con deleite porque incluso si no pasaba nada; incluso si las cosas seguían yendo de la misma manera, Naran estaba poniendo nervioso a Kinich Ahau y lo estaba haciendo perder su toque. «Me alegro de que este humano sobreviviera». La escena continuó desarrollándose ante sus ojos.

—¡Termine! —Naran le gritó a Kinich Ahau.

Una sonrisa se formó en los labios inexistentes de Quetzalcóatl. «Parece que este humano tiene más agallas de lo que supuse», se rio entre dientes y alimentó la rabia de Naran para asegurarse de que no se echará para atrás.

—Sé que esto puede que no se sienta bien para ti.

«Quien diría que Kinich Ahau podía suplicar».

—¡No me interesa! ¡Termine contigo y con Quetzalcóatl!

Aunque la ira estaba en el nivel correcto, un humano no era lo suficientemente fuerte como para enfrentarse a Kinich Ahau; y Quetzalcóatl ya no era quien solía ser. Todo su poder le había sido quitado, mejor dicho, lo había dado voluntariamente.

—¿Quieres saber por qué te elegí?

La imagen de su madre aparece abatiendo a Naran. No hay nada que Quetzalcóatl pueda hacer para volver a encender la ira. «Es después de todo su punto débil».

—No quiero saberlo. —El dolor en la voz de Naran trajo recuerdos que Quetzalcóatl se esforzaba tanto en olvidar. Luego escuchó sus propias palabras resonando en los pensamientos de Naran. *Ya no me importa. Quiero morir. ¡Déjame morir!*». Tal vez no eran tan diferentes de los humanos.

—Naran, ¿sabías que los humanos pueden reencarnar?

De repente, todo dentro de Quetzalcóatl se alineó con lo que Naran sentía. Una sensación de malestar comenzó a formarse en ambos.

—¡¿Qué mierda estás diciendo?!

«Exacto! ¿Qué estás insinuando exactamente?»

—Lo más curioso es que siempre tienes los mismos ojos; así es como pude encontrarte, sin importar cuantas veces reencarnes. Tus ojos se mantienen igual. Son, después de todo, el reflejo de tu alma.

Todo se quedó en silencio dentro de su cabeza. Durante mucho tiempo después de que Quetzalcóatl la perdiera, había querido decirle tantas cosas. Tantas explicaciones que quería dar. El dolor de no poder hacerlo había debilitado su cordura. «Esto tiene que ser mentira».

Existe un tipo de dolor tan fuerte y tan único que su víctima se ve enredada en un círculo vicioso, en el cual, aunque no se derrame sangre, ni se tenga heridas, el dolor consume a la persona trayéndole la muerte para después revivirle, solo para seguir matándole. Eso era lo que estaba viviendo Quetzalcóatl.

—Déjame mostrarte.

«No, por favor no lo hagas», suplico sabiendo muy bien lo que estaba por suceder. Kinich Ahau tomó a Naran, y Quetzalcóatl se quedó paralizado. Imágenes, miles de ellas mostrando esos hermosos ojos que lo habían cautivado desde el primer día. Los ojos que tenían el poder de perforar hasta su centro y le hicieron creer que tenía alma. La última vez que había visto esos ojos, estaban llenos de odio y disgusto, y ahora, allí estaban, llenos de vida de nuevo. Esto le recordó, una vez más, que había sido él quien había quitado la luz de esos ojos, pero también fue él quien lo revivió, «si no hubiera sido por Kinich Ahau, ella hubiera permanecido muerta». Una parte de él trató de encontrar una excusa; trató de encontrar un defecto en lo que estaba viendo, pero cuanto más pensaba, más sentido tenía el por qué había elegido a Naran como recipiente. Era una forma de forzar la sumisión total de Quetzalcóatl. Cada deseo de luchar contra él se extinguió con el último recuerdo donde los cuerpos sin vida lo rodeaban. Trató de apartar la mirada, pero fue inútil.

—¿Qué fue lo que hizo Quetzalcóatl? —preguntó Naran haciendo que las lágrimas comenzarán a rodar por las mejillas de Quetzalcóatl.

—¿Ahora me crees? ¿Ahora, te das cuenta de quién es el verdadero villano?

«Yo no soy el villano, por favor. Él sabía que yo quería estar contigo, y me engaño. Te amo más que nada en este mundo. ¡Tú no debías haber estado ahí! por favor créeme.» pero su voz se perdió en los pensamientos de Naran.

—Pero no tiene sentido.

«¡Si, por favor! ¡No le creas!»

—Algunas cosas jamás lo tienen.

Por mucho que Quetzalcóatl quisiera que Naran rechazará cada palabra que Kinich Ahau había dicho, el hecho era que un par de horas antes la había matado —o lo había intentado. «¿Cómo es que no lo pude ver? ¿Cómo es que no la pude sentir si somos uno?» sin importar cuánto se lo cuestionará, no cambiaría lo que hizo. No podía regresar el tiempo atrás, y vaya que lo había intentado varias veces.

Desde el momento en que conoció a Naran, sintió que algo estaba mal y esa extraña electricidad, no puede considerar que todo es una mera coincidencia. «Este debe haber sido el gran plan que tenía Kinich Ahau desde el principio. Por eso decidió ponerme en la reliquia humana tzatetl».

—Por lo que sé, somos los villanos. No me importa si soy ella o no. Quieres que siga matando a estos supuestos demonios malvados; bien, lo haré. Y cuando llegue el momento, todos caeremos.

Una fuerte ola de calor envolvió a Quetzalcóatl, y una sensación desconocida se apoderó de él. Sintió que su esencia había sido consumida hasta el punto de dejarlo débil. «¿Es posible que Naran tomará un pedazo de mi alma? De ser así todo podría cambiar». Ellos ya no tenían el control, ni Kinich Ahau, mucho menos Quetzalcóatl. Por primera vez en su vida, estaba experimentando miedo. Si Kinich Ahau descubre que Quetzalcóatl podría desaparecer en el cuerpo de Naran, lo más probable es que se deshaga de Naran. «Si ella sigue reaccionando con esta fuerte aura, lo hará desconfiar. Debe haber una forma de asegurarse de que permanezca viva esta vez», sus pensamientos se quedaron en silencio cuando escuchó su nombre.

—¡Quetzalcóatl! —Mil razones para quedarse e ignóralo cruzaron por su mente. «No puedo verla, no aun»—. ¡Muéstrate!

Sus esfuerzos fueron inútiles, la orden era demasiado fuerte y él estaba demasiado débil para desobedecer.

—No me interesa si escuchaste al dios Sol o no. No me importa lo que tú quieras. De ahora en adelante seguirás mis órdenes. ¡Reduzcamos este lugar a cenizas!

«Ella no tiene por qué saber las cosas que hice hace tanto tiempo» con ese pensamiento en mente, actuó como su arrogante ser habitual.

—¿Por qué estás tan seguro de que haré lo que me pidas?

—Si la historia que escuche es cierta y yo soy esa mujer, tú me debes por manipularme.

«Esa no es la única razón por la que debo hacer lo que tú dices» Quetzalcóatl pensó con tristeza al recordar que hace un momento había atento contra la vida de Naran.

—Necesito verme como eso.

Obedeció, sin saber cómo es que estaban ahí y en qué momento Naran mató a otra criatura. «Se está convirtiendo en lo que más odia y todo es mi culpa».

Continuación en el tiempo de Naran

Capítulo 11

Una de las criaturas entró abruptamente al chantli haciendo
que Naran tomará la espada y la apuntará al intruso sin pensarlo
dos veces. La criatura ignoró su reacción, y con aflicción expresó
que "varios niños habían desaparecido" con un tono de
desesperación y tristeza. Naran quedó petrificado dejando caer la
espada al suelo. «Esta cosa habla como un humano» y sólo para
asegurarse de que había escuchado correctamente, la criatura hizo
una reverencia en señal de respeto.

—Protégenos Ce Acatl Topiltzin Quetzalcóatl —dijo con voz
grave y fuerte.

—¿Quién?

La criatura desde su posición lo miro a los ojos mostrando
confusión, como si no estuviera seguro a lo que se refería Naran.

—Tu eres nuestro Príncipe una Caña Serpiente Emplumada.

Esto solo hizo las cosas más confusas para Naran porque los
términos que usaba esta criatura eran humanos, al igual que él, al
igual que su altépetl. La referencia a la Serpiente Emplumada y
como mientras hacía la reverencia lo llamaba Quetzalcóatl hizo

que Naran pusiera en duda todo lo que el Sol le había dicho.

—Trae a tu Teopixqui —Naran le ordenó.

Era la única manera que se le ocurrió para saber la verdad. La criatura abrió y cerró la boca varias veces, claramente confundida.

—Tu eres nuestro Teopixqui —respondió con miedo.

Sentándose lentamente, con la mente en blanco, una tremenda sensación de inquietud lo dominó. En una fracción de segundo, un millón de posibilidades cruzaron por su mente. Dentro de las cuales, la peor era la idea de que había estado matando a su propia especie; a su propia gente, sin piedad, de la misma manera que había matado a su madre.

¿Podría ser que después de todo lo que había hecho para convertirse en una mejor persona, para tratar de redimir sus acciones pasadas, había hecho completamente lo contrario? ¿Realmente había sido tan ajeno a la posibilidad de que tal vez este Sol no fuera un buen dios?

Había oído hablar de estos dioses en el altépetl Maya. Se refieren a ellos como los dioses duales porque, según los ancianos mayas, la naturaleza de tus acciones determinará la reacción de los dioses. Significaba que, si haces algo malo, ellos desencadenarán su furia sobre ti y viceversa. Supuestamente todo dios casi siempre tiene un significado opuesto. Según esta regla por cada dios bueno, tenía que haber uno malo.

Esta información sólo agregó más conflicto. «Entonces, ¿por qué, en la primera batalla, los cuerpos se volvían a unir de una manera anormal? Tuve que quemarlos para evitar esto. Ningún humano tiene la capacidad de hacer eso. ¿Acaso fue un truco? Y, ¿por qué un dios me necesitaría para matar a personas cuando ellos mismos pueden borrar a toda la humanidad? ¿Es solo porque soy ella? ¿O tal vez no puede lastimar a los humanos, por lo que necesita que alguien lo haga por él? Será posible que-»

—Ce Acatl —Naran miro a la criatura, cuyos rasgos no se asemejan a los de un humano «¿Por qué se miran así? Esto también tiene que ser un truco»—, por favor los niños.

Su corazón se desmoronó al recordar que había estado matando criaturas diminutas durante los últimos días y arrojando los restos, que no se convirtieron en cenizas, en un cenote. «¡No eran demonios!» con ese pensamiento ardiendo en su mente, despidió a la criatura y corrió hacia el cenote. «Tal vez aun los pueda salvar» pero fue inútil. No importa cuánto quisiera traerlos de vuelta a la vida, se habían ido para siempre.

Locura es la única palabra para describir lo que estaba haciendo. Saltó al cenote, se sumergió, nado hasta llegar al fondo, buscando los huesos que habían quedado intactos, ya que el resto de los niños se había convertido en cenizas, por lo que incluso en su locura, sabía que no había esperanza para ellos.

La sensación de culpa se apoderó de todo su cuerpo, su mente llenándose de oscuridad, una vez más. «Por eso eran tan fáciles de matar» pensó mientras recordaba los gritos, «¡eran almas inocentes y yo las maté!», sus lágrimas eran imperceptibles al ser consumidas por el agua azulada que lo rodeaba.

Permaneció bajo el agua, deseando que llegará la muerte, solo para darse cuenta de que era inútil porque ya no necesitaba aire para sobrevivir. Pasaron las horas, sin saber qué hacer —ahora que la muerte ya no era una opción—, tomó los pocos huesos que había logrado encontrar y nadó hasta la superficie. Los puso en el suelo, y mientras miraba los huesos, su corazón produjo una pesadumbre que se encarnaba hasta su alma. De pronto un pensamiento cruzó por su mente.

—¡Quetzalcóatl! —gritó, su corazón latiendo con fuerza.

«¡Por favor que esto funcione!». La figura en sombras apareció ante él, y Naran hizo lo que juró que nunca volvería a hacer. Se arrodilló, apoyó la cabeza en el suelo como se hacía en los huentli, rezando y suplicando con todo su corazón.

—Por favor traerlos de vuelta.

—No puedo.

—Por favor, haré lo que tú me pidas.

Quetzalcóatl se inclinó y la forma en que lo miró le hizo estallar en lágrimas. Ambos sabían que era imposible. Lo que más le dolió fue que una parte de él lo sabía. Quetzalcóatl trató de advertirle un par de veces, pero lo único que le importaba era él mismo y el Sol.

—¡¿Por qué no me detuviste?! —le gritó a Quetzalcóatl— ¿Por qué me dejaste hacer esto si tú sabías la verdad? —reclamó entre lágrimas, tratando de culpar a alguien más.

—Porque yo tampoco estaba seguro.

Las palabras de Quetzalcóatl lo reconfortaron porque significaba que no estaba solo en esto; que compartían la tragedia.

Lentamente, su corazón se calmó y las lágrimas cesaron. Enterró los huesos y rezó a lo desconocido, porque los dioses a los que le habían enseñado a rezar no eran dignos de su devoción.

Naran tenía que expiar sus acciones, y hacer su trabajo como líder del altépetl Tolteca —de lo que quedaba de ella de todos modos— no sería suficiente. Los niños son la vida más preciosa, los seres más puros e inocentes, y él los había asesinado. Seguía preguntándose sobre el dolor que debían haber sentido; si habían sufrido mucho o habían muerto instantáneamente. Lo que sí era seguro es que la mayoría de ellos habían agonizando bajo las llamas, ya que podía recordar vívidamente su llanto.

—Ce Acatl Teopixqui estamos listos —dijo el sirviente que le había estado proporcionando información a Naran.

Se mantuvo en silencio, tratando de contener las lágrimas y el grito de desesperación en la garganta. Cada paso que tomaba hacia el teôcalli contenía una gran cantidad de dolor haciendo que caminar fuera difícil. «No puedo continuar con esto por mucho tiempo» pensó mientras se sentaba donde el sirviente le indicó. Sabía que estos supuestos demonios eran en realidad humanos, pero no podía evitar verlos como criaturas perturbadoras.

Sin estar seguro de lo que sucedería y sumergido en sus propios pensamientos oscuros, la gente comenzó a reunirse a su alrededor. Luego, una mujer en túnica blanca llevada por la fuerza por un hombre armado se le acercó.

—¿Qué es esto?

—Es el huentli. —Le entregaron el tecpatl mientras colocaban a la mujer en el chakmoli.

Se puso de pie abruptamente, apretando el tecpatl con fuerza. Su mirada desviándose al pecho de la mujer, recordando lo que había hecho unos años atrás.

—La cabeza es lo que ocupamos. —le explicó el sirviente pensando que Naran estaba apuntando al corazón.

—¿Por qué la cabeza?

—Tzompantli es nuestra ofrenda a los dioses antiguos.

Su ira resurgió. Había estado de luto por la muerte de los niños desde el momento en que descubrió la verdad, y aquí estaba, sosteniendo un tecpatl para acabar con la vida de una mujer, como una petición de los de su propia especie. Esto era prueba de que, si esos niños hubieran sobrevivido, era muy probable que terminarán muertos de todos modos, al alcanzar la edad sacrificial.

Su pena y dolor se convirtieron en furia, y esto nubló su juicio. «Ellos no merecen vivir» pensó mientras decapitaba a la mujer. Fue el corte más limpio y rápido que jamás había hecho, como si eso fuera un consuelo. Después el sirviente le indicó que tomará la cabeza y la colocará en el Tzompantli.

Al haber nacido sin casta jamás se le ocurrió aprender sobre las tradiciones y los rituales que tienen que seguir los de las castas altas. Afortunadamente, el sirviente no sospechó nada y lo ayudó cuando parecía perdido. Todo iba bien hasta que, al estar allí parado, todos esperaban que dijera las oraciones apropiadas para los dioses. Sin pensarlo dos veces y para evitar cualquier sospecha, se retiró a su chantli, dejando a Tezcatlipoca, su segundo al mando, a cargo.

La vida no era justa, y ahora resulta que, aunque la muerte llegue, volverá a vivir, reencarnando una y otra vez. No había pedido nada de esto. Cualquier persona que experimente la tortura de vivir, matar y morir, solo para repetirlo una y otra vez, eventualmente se volverá loco. Es desgarrador descubrir que la vida es tan vana. No hay un propósito. Incluso si hubiera nacido siendo un Tecuhtli, Teopixqui o guerrero, sus manos estarían cubiertas de sangre porque es matar o morir. Esa era la sociedad en la que nació y, aparentemente, durante muchos siglos, había sido la misma.

Capítulo 12

Cada noche, su cabeza se convertía en un torbellino de pensamientos que le impedían dormir. Pero si era sincero consigo mismo, pensar no lo llevaba a ninguna parte, tenía que hacer algo, tenía que encontrar la verdad, la pregunta era ¿cómo? Si le preguntaba a Quetzalcóatl, podría alertar al Sol, y aparte, no estaba listo para enfrentarlo. Entonces, la única posibilidad que encontró fue pedir ayuda a un Teopixqui real de otro altépetl. Cualquiera sabría más sobre dioses que Naran.

Después de pensar a qué altépetl abordar y sin saber dónde estaba exactamente el Sol, decidió volver al suyo. Regresó a su apariencia original para evitar levantar sospechas entre la gente de Ce Acatl, y comenzó su viaje durante la noche, haciendo que fuera más largo de lo habitual. «Es estúpido creer que, al hacer esto, él no se dará cuenta, pero tengo que intentarlo» pensó evitando hablar en voz alta por la misma razón.

Cuando llegó al altépetl Olmeca se la encontró desierta. Localizó el chantli del Tecuhtli y, para su sorpresa, su antiguo

Jefe tenía la misma apariencia que las criaturas que el dios le había dicho eran demonios. Esto confirmó que el Sol le había hecho algo para que no encontrará un parecido con los de su propia especie.

—¿Quién está ahí? —dijo Tecuhtli cuando Naran entró al chantli. Parecía que no podía enfocar sus ojos en Naran.

Mientras miraba a su antiguo Tecuhtli, la desesperación se comenzó a manifestar, «tiene que haber una forma de curar mi vista», pensó.

—Soy Naran, ¿me recuerda?

—Acércate. —Naran se acercó al hombre que estaba sentado en el suelo. Comenzó a tocar las manos de Naran y luego se movió hacia su rostro de tal manera que dejó claro que estaba ciego—. Lo siento, pero no puedo recordar quién eres.

—¿Qué le sucedió?

—Ah, parece ser que eres un forastero.

Naran intentó cerrar y abrir los ojos, frotarlos e incluso golpearse la cabeza; sin embargo, todavía veía a su Tecuhtli de una manera decrépita. A pesar de esto, pudo detectar el dolor en la voz del pobre viejo cuando dijo:

—La ira de los dioses se ha manifestado en nosotros.

Naran temió, por un momento, la posibilidad de que todo fuera culpa suya, que quizás, el Sol fue quien le quitó la vista.

—¿Por qué lo dice? ¿Dónde están las personas? —pregunto tratando de no ser tan obvio.

El Tecuhtli guardó silencio y Naran temió lo peor.

—La mayoría huyó hacia Teotihuacan —una lágrima, que amenazaba con caer, obligó al Tecuhtli a detenerse y aclararse la garganta—, tan pronto como llegaron, ese altépetl también pereció. Debería haber muerto con ellos, pero soy mayor y pensé que iba a frenarlos, así que decidí quedarme. —No pudiendo evitarlo más, las lágrimas comenzaron a caer mientras relataba los hechos—. Una luz que se parecía al sol, ¡no, era más brillante que el sol! golpeó el centro del teôcalli. Tuve suerte y solo perdí la vista... otros perdieron la vida. Solo puedo asumir que estaban demasiado cerca de donde cayó la luz. —Se compuso y continuó —. Pensé que era una ceguera temporal. Pasó el tiempo y yo seguí igual.

Más lágrimas llegaron al suelo, aunque esta vez eran de Naran al recordar el incendio que había provocado en Teotihuacan. «Había un humano. ¡Se acercó a mí! le dije que reuniera a todos en los campos» pensó intentando encontrarle sentido a todo el desastre.

—Si solo hubiéramos hecho el huentli a tiempo, esto no habría sucedido.

Naran se limpió la cara y se inclinó para estar al mismo nivel que el Tecuhtli.

—¿Qué quiere decir? Recuerdo que los preparativos iban según lo planeado.

Tecuhtli negó con la cabeza.

—Fue mi culpa. Todo iba perfecto, y en una fracción de segundo, me encontraron inconsciente en el suelo. Cuando desperté, no recordaba mi nombre y, para mi sorpresa, habían pasado cinco días. Fue ingenuo de mi parte pensar que los dioses entenderían.

Naran puso su mano en el hombro del Tecuhtli. «En resumen esto termino siendo mi culpa».

—Me pregunto qué hizo el pueblo de Teotihuacan para merecer tal devastación. ¿Es posible que fuera por nosotros?

—No, Tecuhtli. No creo que los eventos estén relacionados.

—Naran apretó la mandíbula. Mentir se había vuelto tan natural como respirar.

Al recordar por qué estaba allí en primer lugar, aclaró su mente y trató de contener toda la culpa y la tristeza en lo más profundo de su mente, incluso si era solo temporal.

—Una mujer llamada Xpiayoc solía vivir aquí. Esperaba que me pudiera contar algo sobre ella.

El anciano guardó silencio. Parecía que estaba revisando sus recuerdos, tratando de localizar a la mujer.

—Ah, sí, sí, ahora la recuerdo. Esa era una extraña mujer.

—¿A qué se refiere?

—La encontramos cuando era una niña, nunca supimos nada de sus padres. Supongo que era de otro altépetl. Ella no habló durante años —sonrió con cariño ante el recuerdo—, pero una vez que empezó, nadie pudo detenerla. Ella siempre hacía lo que le decían y se portaba bien. La crie como a mi propia hija hasta ese día.

Naran se sentó más cerca del hombre.

—¿Cuál día?

—Quedó embarazada de un esclavo. Quería a ese niño muerto, pero afirmó que había estado orando a la Gran Serpiente Emplumada para que le diera un hijo. —Los ojos de Tecuhtli adquirieron cierta nostalgia y tristeza—. Si era un regalo de un dios, entonces no había nada que hacer.

La referencia casual a la serpiente significaba que Quetzalcóatl era muy conocido entre su gente. Aun así, no explica exactamente cómo es que lo conocían. La imagen de su pobre madre apareció en la mente de Naran amenazando con romperlo. Pero volvió a cerrar esa emoción obligándose a aguantar las lágrimas.

—¿Recuerda al niño? —pregunto.

Tecuhtli se quedó en silencio por unos minutos.

—Yo… no puedo recordar.

Tenía sentido que no lo recordará, pero bastaba con saber un poco más de su madre.

—Y Xpiayoc. ¿Sabe lo que le pasó?

—Me temo que no. Mi mente no ha vuelto a ser la misma.

Con esas últimas palabras, todas las esperanzas que construyó murieron repentinamente. La otra opción que tenía era intentar encontrar a alguien qué le pudiera decir algo más, pero parecía que no quedaba nadie.

—¿Alguien se está encargando de usted?

El anciano sonrió.

—Si, hay personas que van y vienen a menudo. —Naran volvió a poner la mano en el hombro de Tecuhtli antes de marcharse.

Paseando de un lado a otro a las afueras del altépetl, pensando en que no tenía sentido volver a preguntarle al Tecuhtli y que se estaba acercando la noche decidió regresar. Había estado ausente por mucho tiempo y eso podía levantar sospechas.

Mientras caminaba pensó en sus nuevas habilidades y decidió intentar correr. Parecía que había olvidado cosas tan simples que eran tan comunes en su día a día, pero desde que el dios entró a su vida, se sentía como si jamás hubiera sido un pobre huérfano recolector. Con ese pensamiento en mente, respiró hondo y comenzó a correr. Después de un tiempo, notó que podía seguir corriendo y no cansarse. Esto lo motivó a acelerar, agradeciendo a Quetzalcóatl por tales habilidades.

Capítulo 13

Encontrar la verdad se convirtió en la prioridad, mientras que la compasión y la humanidad llegaron en último lugar. Esto ayudó a eliminar la culpa mientras continuaba con los sacrificios, ejecutando hasta tres personas por semana, y una de esas tres personas, la mayoría de las veces, era una niña.

La verdad pasó a segundo plano cuando apareció una princesa zapoteca llamada Xilavela, diciendo que quería formar una alianza entre los altépetl. Para sorpresa de Naran, ella era la única cuya apariencia era humana y con un aura radiante. Esto significaba que era una impostora. Lo que lo mantenía nervioso era que ya había visto esa cara antes. Imágenes del día en que dejó de existir el altépetl Teotihuacan —gracias a él— empezaron a aparecer en su cabeza, y luego una idea surgió, «se ve como el humano que vi en aquel día en el altépetl Teotihuacan».

—Los dioses nos castigarán —dijo Tezcatlipoca, trayendo a Naran al presente. Se había convertido en una rutina verlo en sus aposentos al terminar los sacrificios.

Tezcatlipoca comenzó a acercarse a él en el teôcalli y conforme fue agarrando confianza lo comenzó a buscar en su chantli. Sabía que, tanta insistencia por los sacrificios era para crear un revuelo y derrocar a Naran de su posición. Francamente, si Naran pudiera, le entregaría el poder y posición en bandeja de plata.

—¿Sigue Xilavela por aquí? —Naran preguntó enfocándose en sus propios problemas.

—Eso no es lo que estamos discutiendo.

La paciencia era otra cosa que carecía últimamente.

—Está bien, haré un comunicado. Junta a todos en el teôcalli —dijo Naran despidiendo a Tezcatlipoca, quien se fue con una sonrisa, pensando que finalmente había estado de acuerdo con él, cuando en realidad Naran tenía otras cosas en mente.

Repitiendo en su cabeza la conversación que tuvo con Tecuhtli, se le ocurrió que la única forma de saber si los eventos de estos dioses tenían algo que ver con las oraciones de su madre, era preguntándole al único dios que tenía disponible.

—Quetzalcóatl.

La figura en sombras apareció ante él. Hacía mucho tiempo que no se veían, principalmente porque ya no sabía en quién confiar y porque no estaba seguro de cuán involucrado estaba Quetzalcóatl con los planes del Sol, pero ahora tenía que correr el riesgo.

—Tengo una pregunta —Quetzalcóatl se detuvo esperando que Naran continuará—: ¿Cuál es el verdadero nombre del dios Sol? —Aunque la sombra no tenía rostro, le pareció que estaba sorprendido, lo que significa que estaba en el camino correcto. Entonces, continuó—, los de mi especie saben de ti. De lo contrario, no me llamarían Ce Acatl Quetzalcóatl. Ese nombre te lo dimos nosotros, ¿no es así? —Naran hizo una pausa por un segundo para levantarse y enfrentar a Quetzalcóatl, luego continuó—. He debatido este asunto durante días. Seguí pensando que, no era razonable verlo como una coincidencia, el que haya una mención tuya en la mayoría de los altépetl. Según recuerdo, cuando nos conocimos, eras una serpiente emplumada. En mi altépetl hablamos de un dios que, si la mujer rezaba y le hacía ofrendas a este dios, concebiría un hijo. Lo más interesante es que mi madre te rezó para concebirme, o al menos eso me dijo Tecuhtli.

Hizo una pausa en la conversación para que Quetzalcóatl digiriese la información, pero de ser esto cierto y aunque sería un gran avance, solo creará más preguntas.

—Te preguntaré de nuevo, ¿Cuál es-

—Kinich Ahau —respondió rápidamente Quetzalcóatl sin dudarlo.

—Señor del Ojo del Sol… tiene sentido —dijo Naran pensando que tenía una nueva pista.

Estos llamados dioses han sido vistos por los humanos el tiempo suficiente para que se les ocurran nombres que se asemejan a su apariencia.

—¿Qué harás ahora?

«Yo también me hago esa pregunta» pensó mientras sonreía con confianza.

—De cierta forma somos uno. Entonces no tiene sentido decirte qué voy a hacer si vas a terminar viéndolo por ti mismo —dijo mientras salía del chantli sin preocuparse si Quetzalcóatl volvió a su cuerpo o si se quedó ahí.

Al llegar al teôcalli donde todos esperaban, la vio. Era fácil encontrarla entre todas las inquietantes figuras. Esto solo generó más preguntas, por ejemplo, ¿por qué Kinich Ahau le estaba haciendo saber la diferencia? Concentrándose en el plan que tenía entre manos, se colocó frente a la multitud.

—Yo, Ce Acatl Topiltzin Quetzalcóatl, declaró que los sacrificios ya no deben realizarse —dijo con voz firme y fuerte —, eso es todo. Pueden volver a sus actividades.

Conociendo las consecuencias e ignorando por completo los gritos de desaprobación —de algunos— dio media vuelta y se fue. Este no fue un acto de valentía, sino de humanidad. Cuando murió su madre, dejó de creer que los sacrificios eran una forma de estar del lado bueno de los dioses porque ningún dios digno pediría sangre, y hasta ahora, los dioses que había conocido eran inútiles, incompetentes y egoístas. Eso los hacía más humanos que divinos.

—Nos condenaste a todos Ce Acatl, seremos castigados por los dioses. Ya no existen dos altépetl. ¿Por qué crees que es? ¡eh, mírame cuando te estoy hablando!

La rabia de Tezcatlipoca hizo que Naran se detuviera.

—Que no se te olvide tu posición —dijo sin voltear—, si lo que dices termina siendo cierto entonces tendrás a quien culpar.

Continúo caminando hacia su chantli, esperando que Xilavela se le acercará. Después de todo, era un mensaje dirigido a "él".

Esperando a Naran pacientemente en su chantli, en una especie de icpalli que no estaba allí antes, se encontraba sentada la princesa.

—Vaya, vaya mírate iniciando una revolución. Sabes, es la primera vez que veo a alguien tan impotente dar un paso al frente e intentar corregir un error —incluso su voz sonaba femenina.

—¿No estás enojado? —preguntó con una sonrisa.

—Ay querido Naran —dijo suspirando— ¿por qué demonios estaría enojado? —Kinich Ahau se acercó a él apoyando su brazo en el hombro de Naran—. Es una molestia tener que cambiar de apariencia. Entonces, espero que no te importe si me quedo así. —Naran observó los movimientos de Kinich Ahau, pensando en lo inquietante que era verlo tan alegre—. Siéntate Naran. Asumo que tienes algunas preguntas.

Una silla apareció justo enfrente del icpalli. «¿Esto significa que ya sabe?», pensó mientras se sentaba mirando al sonriente Sol.

—¡Eres un maldito bastardo! ¿Cómo pudiste? —dijo Quetzalcóatl quien decidió unirse a la conversación.

—Ya, ya Quetzal, cuida tu lenguaje, hay un humano presente —dijo Kinich Ahau riéndose ante su comentario mientras Naran se quedó quieto, sin saber qué pasaría con dos dioses en un entorno cerrado.

—¿Qué más quieres de ella? ¿No ha sido suficiente? —dijo Quetzal con tanta tristeza, mostrando lo cansado y herido que estaba, mientras que la expresión de Kinich Ahau pasó de placer a molestia.

—Sabes, me gustas más cuando estás furioso. Es más divertido de esa manera —lo dijo tan casual, que hizo que Quetzal y Naran se sintieran disgustados.

—¿Todo esto es una broma para ti?

—Si lo es —sonrió de nuevo, haciendo que las entrañas de Naran hirvieran de ira.

—¿La muerte de mi madre es una broma para ti? ¡¿Todos esos niños inocentes que fallecieron, son una broma para ti?! —dijo Naran con un corazón desconsolado y una ardiente pena.

Los ojos de Kinich Ahau se posaron en él.

—Déjame contarte un pequeño secreto. ¿Sabes por qué tienen ese aspecto repugnante? Es muy simple. Eso es lo que realmente son.

—Eso es lo más absurdo que he escuchado.

—Naran, a pesar de lo que quieras creer, los humanos son seres repugnantes. Has visto los sacrificios, la destrucción de la naturaleza, las clases y los rangos. ¡Incluso tienes esclavos!

—y tú eres un dios egoísta que ha destruido altépetl enteros, así que yo no veo mucha diferencia.

La risa de Kinich Ahau resonó en todas partes, haciendo que Quetzal se colocará frente a Naran de manera protectora. «Dudo que sirva de algo».

—No puedo estar en desacuerdo contigo en eso. Permítanme simplificar, lo que están viendo son todas las cosas malas que la gente ha hecho y no solo en esta vida.

—¿Qué hay con los niños o los recién nacidos?

—¿No me escuchaste? Esos bebés fueron adultos alguna vez, y se convertirán en adultos más adelante. Estás viendo el lado feo de las acciones pasadas, presentes y futuras de todos. ¿No es maravilloso? —aplaudió entusiasmado. «Entonces este es quien realmente es» pensó, sintiéndose molesto e incómodo por el llamado "pequeño secreto".

—Oh espera, ese no es el secreto. —Naran pudo sentir como Quetzal se ponía tenso—. Esto no lo cause yo —sonrío ampliamente mientras miraba a Quetzal.

Se puso de pie rápidamente, alejándose de él.

—Entonces, ¿estuviste trabajando con él todo este tiempo? —dijo Naran indignado.

—Eso no es cierto, escúchame, él está mintiendo-

Quetzal comenzó a defenderse, pero la risa de Kinich Ahau lo interrumpió.

—Qué tal si dejamos de culpar a otros y asumimos nuestra

responsabilidad.

Todo se quedó en silencio, por un momento Naran sintió que esto acabaría muy mal.

—¿Acaso no descubriste que los de tu clase nos dieron el nombre que poseemos? —dijo con voz tranquila y relajada que coincide con su postura, haciendo que Naran recapacitará sobre lo que es importante—. Se nos prohibió interactuar con humanos y la mayoría de nosotros terminamos rompiendo esa regla. ¿Quieres saber por qué nos lo prohibieron? —En este punto, incluso Quetzal se interesó—, debido a que su dimensión no estaba destinada a retenernos, tan pronto como ingresamos, desarrollamos dones como efecto secundario —apuntó a la sombra—, por ejemplo, los humanos veían a Quetzal como el viento y la vida misma, lo que los llevó a creer que tenía el poder de hacer fértil a los infértiles. Pero también ganó lo contrario. Si daba vida, también podía quitarla. O en el caso del viento, que no tiene nada que ver con el aire sino con la visibilidad. Lo contrario de esto sería ver más allá de la materia física. —Kinich Ahau hizo una pausa, dejando que la información fuera asimilada—. ¿Ves a lo que me refiero?

—Si estoy dentro de Naran, ¿él puede ver cómo es realmente la gente? ¡Eso es ridículo! —dijo Quetzal con incredulidad.

—No quiénes son; más bien, lo que son, en función de sus acciones. Lo sé, lo sé, es complicado. Ahora bien, esto, Quetzal, te hace responsable de la vida que *ella* ha soportado. ¿Qué harás al respecto?

Ver a la figura en sombras caminar, haciendo gestos de exasperación fue una novedad para Naran, y pudo identificarse con lo que podría estar sintiendo. Su cerebro seguía preguntando una y otra vez, ¿cómo podría ser esto posible? Sin embargo, había presenciado la llegada de dos dioses; cómo uno de ellos manipulaba los rayos del sol como un objeto y el otro vivía dentro de él; experimentó habilidades que ningún humano podría tener. Entonces, a pesar de que era una información extraordinaria y difícil de creer tenía mucho sentido.

—¿Por qué nos estás contando todo esto? —preguntó Naran sin mirar directamente a Kinich Ahau porque parte de él temía que su cerebro se fracturará más de lo que ya estaba.

—Puedes pensar en esto como un momento de debilidad, y Quetzal, puedes verlo como una tortura. —La risa resonó por todos lados, casi como si estuvieran en una cueva.

—¿Por eso viniste?

—Quería verte para ver cómo te estaba yendo y no me decepcionaste, ese discurso que pronunciaste hace un momento fue ... emocionante.

Y luego las palabras que Kinich Ahau había dicho volvieron a Naran: *"la mayoría de nosotros"*

—¿Cuántos de ustedes están entre nosotros? —pregunto.

Las preguntas que estaba haciendo, hicieron que Kinich Ahau sonriera con una pizca de orgullo.

—Mira Quetzal, es más listo que tú —se burló de nuevo y movió su cuerpo para estar más cerca de Naran—, más de los que te imaginas.

—¿Eso no arruinará tus planes? —dijo Quetzal, haciendo que Kinich Ahau rompiera el contacto visual con Naran para mirarlo ahora a él.

—La cuestión es que la mayoría de ellos no recuerdan quiénes son en realidad, por lo que no harán ningún daño. —Se puso de pie y caminó por la habitación. Si no era natural verlo como un hombre, verlo como una mujer era perturbador—. Me iré pronto. Puedes preguntarle a quien quieras y reunir toda la información que desees, y cuando estés listo, te estaré esperando.

Luego se volvió hacia Quetzal y dijo:

— Ah, y no te preocupes, mis planes no se verán afectados.

Antes de irse acarició la mejilla de Naran, dejando una sensación de hormigueo que duró unos minutos.

—Sabía que serías perfecto —susurró en el oído de Naran, haciéndolo sentir extraño.

—¡Ya vete! —gritó Quetzal, sorprendiendo a Naran y haciendo reír a Kinich Ahau por última vez antes de desaparecer.

Solos e inseguros de qué hacer, Naran y Quetzal se evitaron. Incapaz de descartar lo que Kinich Ahau había dicho y sabiendo que tenía perfecto sentido, haciendo que todo fuera un poco más complicado para Naran.

Quetzal volvió a ser la monótona sombra que siempre había sido, aunque siguió dando muestras de indignación, lo que despertó su curiosidad.

—¿Por qué estás enojado si eres igual a él?

—Yo intento cambiar.

Naran guardó silencio y se sentó en el icpalli que Kinich Ahau había dejado atrás.

—Ese es el problema. ¿Cómo puedes cambiar lo que eres? En el momento en que entraste en mi cuerpo, comencé a ver a los humanos como criaturas, y lo hiciste sin siquiera saberlo.

—¿Le vas a creer? ¡Él miente! ¡Eso es en lo que es bueno, para engañar a todos y manipular las cosas!

—¿Quién te dio el nombre de Quetzalcóatl?

—Eso no prueba nada.

—Y si encontramos a otro dios, ¿eso será prueba suficiente?

La sombra se recostó en el suelo derrotada.

—Si hacemos eso, solo te pondría en más peligro.

Se dio cuenta de que Quetzal no había hecho esto a propósito, que él también estaba sufriendo las consecuencias de ser quien es, y que estaba tratando de hacer lo mejor que podía ahora que ambos sabían quién era realmente Naran.

—No soy ella, al menos no en esta vida. Te agradecería si te reservarás tu sentimentalismo.

Quetzal se sentó, acercándose a Naran quien retrocedió.

—Entonces déjame verte como un hermano al que tengo que proteger.

Parecía que estaba rogando, y Naran estaba demasiado cansado para importarle.

—Bueno entonces encuentra una manera en la que pueda dejar de ver los pecados de las personas.

A pesar de que su petición era genuina, en realidad ya no le molestaba. Después de ver a Kinich Ahau como un humano, siguió pensando que podría ser una ventaja. No obstante, después de escuchar la razón de por qué sucedía esto, le era doloroso ver su propio reflejo alterado por sus pecados.

No fue fácil comprender la información que Kinich Ahau le proporcionó, principalmente porque confirmo que había matado a personas inocentes y siguió haciéndolo. Quedando marcado por sus acciones. No solo es un asesino, sino que también lo es por elección. No dejaba de pensar en su primera justificación de porqué lo había hecho: un dios nunca lo obligaría a cometer tales atrocidades. Claramente, estaba equivocado. El problema fue que vio las advertencias, pero estaba tan vacío y herido que deseaba desesperadamente llenar el hueco con la luz que le proporcionaba

Kinich Ahau, sin molestarse en preguntarse de dónde provenía.

Al mirar a Quetzal que había comenzado a mezclarse con la oscuridad del chantli, llegó a estar de acuerdo en una cosa: debería dejar de culpar a los demás y asumir su responsabilidad. Llorar o sentir lástima por las vidas que tomó no las devolvería. «Lo importante ahora es investigar, y para hacerlo necesito salir de este lugar.» Era consciente de que había muchas preguntas sin respuesta y no podía seguir asumiendo o esperando lo mejor.

Capítulo 14

Este es un viaje con múltiples caminos y Naran debe elegir con cuidado, un paso en falso y podrían caer en la trampa de Kinich Ahau. Dentro de sus opciones está, por ejemplo, volver a su altépetl y ayudar a Tecuhtli a recuperar la memoria o salir hacia el altépetl Zapoteca, encontrar un Teopixqui que pueda responder algunas preguntas de su princesa actual. Una cosa era segura: tenía que salir del altépetl Tolteca. Da igual si desde su último discurso todo había dado un vuelco, Naran no se arrepentía porque fue el primer paso hacia el cambio. Si pudiera establecer esta nueva regla, demostraría que Kinich Ahau estaba equivocado sobre la incapacidad de los humanos para mejorar. Tezcatlipoca es el único estorbo en su camino. Había iniciado redadas, convenciendo a la gente de que Naran era un demonio enviado para destruirlos. Habían creado planes para atraparlo y matarlo como una ofrenda a los dioses. Naran intentó varias veces cambiar la opinión de las personas, pero fue difícil hacerlo cuando eso es todo lo que habían conocido durante toda su vida. Había pensado que, si fingía ser un dios, tal vez lo escucharían, pero cuando mostró algunas de sus habilidades, Tezcatlipoca interrumpió, diciendo que Naran era un espíritu maligno, lo que hizo que fuera imprudente mostrar a Quetzal en ese momento.

Pensar qué hacer requería mucho tiempo, y cuanto más tiempo permaneciera allí, más beneficiaría los planes de Kinich Ahau. Debía tomar decisiones. No obstante, el obstáculo mayor que le impedía irse sin mirar atrás, era la culpa de dejar Tula en manos de Tezcatlipoca. Saber la verdad le hizo sentirse responsable de su bienestar. Además, abandonar Tula le recordó las veces que ha dado la espalda a todos debido a su desesperada necesidad de amor. Misma que lo impulsó a hacer inefables horrores. Eso no quitaba que su presencia ahí fuera inútil. «Si se supone que debemos morir, ¿qué pasa si me quedo y morimos juntos? No hay garantía de que vaya a detener a Kinich Ahau, pero puedo intentar que la muerte de todos sea indolora».

—Por fin encontré una manera de destruirte.

Una voz interrumpió los pensamientos de Naran haciendo que encarará al intruso.

—No tengo tiempo para ti Tezcatlipoca.

—Si lo tienes, Naran. —la sorpresa que se reflejó en el rostro de Naran delató todo lo que Tezcatlipoca quería saber—. Me tomó un tiempo descubrir tu verdadera identidad. —sonrió vigorosamente—. Después de ver tu demostración de acciones antinaturales y tu desaprobación de nuestras tradiciones, solo tuve que conectar los puntos.

Guardó silencio «no hay forma de que pudiera haberlo descubierto solo».

—Veo a través de ti. —luego, detrás de él, apareció una figura hecha de sombras, haciendo creer a Naran que fue Quetzal quien lo ayudó—. ¿No tienes curiosidad de saber cómo lo deduje?

Tezcatlipoca continuó hablando con tono arrogante, pero Naran estaba ocupado mirando a Quetzal, tratando de averiguar si él estaba haciendo esto.

—Asumo que me lo dejarás saber te pregunte o no.

Tezcatlipoca se rio y, de repente, su apariencia se volvió humana, sorprendiendo a Naran.

—¿Qué? —dijo Tezcatlipoca al ver que Naran se sobresaltó. «Parece que no se ha dado cuenta».

—¿Tu hiciste algo? —preguntó Naran, mirando más allá de Tezcatlipoca hacia la sombra, haciéndolo volverse para ver con quién estaba hablando Naran.

—Parece ser que él es de mi dimensión —respondió Quetzal estremeciendo a Tezcatlipoca, quien cayó al suelo y se retiró a un rincón del chantli tratando de esquivar a Quetzal.

—¿Esto significa que tu no lo ayudaste?

—¡Claro que no! Pensé que habíamos superado los problemas de confianza.

Se inclinó sobre una rodilla y miró de cerca a Tezcatlipoca. «Es extraordinario verlo de esta manera».

—No pudiste haber descubierto mi nombre real tu solo. Dime, ¿quién te ayudo?

—Yo… ¿me va hacer daño?

Naran se vuelve para mirar a Quetzal y le indica que desaparezca. «Si tiene tanto miedo de ver a uno de los suyos, no es consciente de quién es».

—¿Ahora puedes responder a mi pregunta?

—La princesa, dijo que eras un sirviente de los dioses y que te dieron regalos especiales. Después fuiste exiliado de la tierra sagrada. No le creí hasta ese día.

«Entonces, ¿por qué parece un humano? ¿Será porque es uno de ellos? Pero, ¿por qué cambió hasta ahora?».

—¿Qué más te dijo la princesa?

Recuperando su coraje, Tezcatlipoca se puso de pie, dándole la cara a Naran.

—Me dijo que cuando estuviera de acuerdo con ella los dioses borrarán mis pecados.

—Quetzal —dijo, haciendo que la sombra volviera a aparecer. Esta vez, Tezcatlipoca se quedó en su lugar—, ¿cómo puede ser esto posible?

—Tal vez despertó su inconsciente sin avisarle.

—Explícate.

—El cerebro humano tiene dos partes: el inconsciente y el consciente, usualmente este último no tiene conocimiento del primero.

—Pero él no es humano.

—Debe haber poseído a un humano y se quedó adentro por mucho tiempo, haciéndolos uno.

—¿Por qué esto no nos ha pasado a nosotros?

Quetzal se quedó callado. «Quizás él tampoco lo sabe».

—¿Qué es esta cosa? —dijo Tezcatlipoca interrumpiendo la conversación de Naran y Quetzal.

Desde que conoció a Tezcatlipoca, había deseado tener la oportunidad de perturbar su mundo. Hacerlo sentir tan culpable como se sintió Naran cuando descubrió la verdad sobre los supuestos dioses. Ahora tenía su oportunidad.

—Un dios —dijo con una sonrisa traviesa.

Tezcatlipoca se puso pálido.

—Eso...no puede ser —dijo con dificultad.

—Este es el dios que tu tan desesperadamente quieres complacer.

—Naran —dijo Quetzal interfiriendo con sus oscuros propósitos.

—¡¿Qué?!

—Si continuas con esto dañarás su cerebro. En estos momentos, es más humano que dios.

—Al fin de cuentas es uno de ustedes.

Se vuelve hacia Tezcatlipoca, listo para dar rienda suelta a todo, cuando Quetzal se interpone entre ellos.

—No tienes tiempo para esto.

—¿Por qué me detienes ahora? ¿Por qué no me detuviste cuando maté a esos niños?

Es la primera vez que Naran menciona el trágico evento. Quetzal se quedó callado manteniendo su posición, lo que solo lo exaspero. Fue la primera vez que Quetzal lo enfrentó. La primera vez que había intervenido egoístamente, haciendo que se preguntará si, a estas alturas, Quetzal era más digno y bueno que él. Después de todo, el único pecado que había cometido fue matar a menos gente que él.

Naran se retiró a su silla. Mientras tanto, Tezcatlipoca se quedó allí en silencio con una mirada confusa en su rostro, sin saber qué pensar de todo esto.

—Me iré de Tula —dijo Naran haciendo que Tezcatlipoca recordará el porqué estaba ahí en primer lugar.

—¿Cuándo?

—Pronto ahora vete.

Sabía que era demasiado arriesgado oponerse y obligar a Naran a partir en ese instante, así que sin decir nada más,

Tezcatlipoca abandonó el chantli.

—¿Lo ayudaste porque es uno de los tuyos? —dijo sin romper el contacto visual con Quetzal.

—No me importa nadie más, solo tu.

La risa que brotó de los labios de Naran le recordó que había pasado mucho tiempo desde que se rio o sintió algo más que culpa.

—Oh Quetzal, en esta vida no me gustas —dijo con una amplia sonrisa. «Estoy empezando a actuar como él» peso con resentimiento.

—No necesito gustarte. Necesito que sobrevivas.

La sonrisa se convirtió en una línea delgada, «sobrevivir es una pérdida de tiempo».

—¿Por qué? ¿No sería mejor acabar con mi sufrimiento?

—Morir no te dará paz.

—¿Por qué estás tan seguro?

—Porque te conozco.

La respuesta lo fastidio más de lo que esperaba.

—No otra vez. Pensé que estábamos de acuerdo en el hecho de que yo no soy ella y no quiero serlo nunca.

—Te preocupas demasiado por estas personas como para morir egoístamente y dejarlas en manos de Kinich Ahau.

Lo que más le molestó de esa frase fue la confianza con que Quetzal la dijo.

—¿Acaso no estabas presente cuando mate a todos esos niños inocentes?

—No sabías lo que eran.

«Yo también me dije esa excusa» pensó.

—Pero tu si lo sabias. Intentaste detenerme una vez y luego

decidiste quedarte en silencio.

—No me quedé en silencio. Tú me bloqueaste. No podía detenerte.

—Ah entonces ahora ¿tú eres el bueno y yo soy el malo?

—A estas alturas eso no importa. Solo tienes que saber esto, si tu no detienes a Kinich Ahau te arrepentirás el resto de tu vida.

—Los humanos no vivimos tantos y siempre puedo suicidarme.

Fue la primera vez que Naran escuchó a Quetzal suspirar como si se hubiera rendido y necesitaba decir lo que mantenía en secreto.

—No vas a ser humano por mucho tiempo.

—¿Qué?

—Estoy desapareciendo y tú te estás volviendo más poderoso. ¿Qué te dice eso? —Naran se puso de pie rápidamente—, y tu inconsciente es consciente de mi presencia —continuo Quetzal.

—¿Hace cuanto que sabes esto? —dijo Naran con preocupación.

—Por un tiempo. Intenté pararlo, pero fue inútil. Tal vez cuando desaparezca completamente tu tendrás el control de poder ver a los humanos diferente.

Camino de un lado a otro, sin saber qué hacer con esta nueva información.

—Entonces, ¿seré como Tezcatlipoca? —preguntó.

—No, creo que Kinich Ahau solo despertó una parte de él, lo suficiente como para que su verdadero yo en apariencia resurgiera, sin interferir con sus costumbres humanas.

—¿Por costumbres humanas te refieres a?

—No sabe quién es o era realmente, pero su cuerpo lo

recuerda, mientras que su mente sigue creyendo que es el humano a quien poseyó mucho tiempo atrás. Nosotros, en cambio, hemos convivido juntos.

Capítulo 15

Nunca le agrado Quetzal, nunca lo entendió, nunca le importó realmente lo que había pasado. Ahora que existe la posibilidad de que desaparezca, un sentimiento de tristeza comenzó a manifestarse en su corazón. A pesar de todo, era un compañero, alguien que había pasado por cosas similares. Había visto lo peor de él. Por mucho que Naran quisiera fingir, Quetzal es su único amigo. Aunque, por otro lado, si Quetzal desaparece, será lo suficientemente poderoso como para derrotar a Kinich Ahau.

—Solo me da miedo una cosa —Naran miro a Quetzal, habiendo olvidado que seguía ahí—, la culpa, la tristeza, y lo vacío que te sientes te dan una tendencia a actuar mal con los demás.

—Solo estaba jugando con él, Quetzal —dijo sonriendo al recordar la cara de susto de Tezcatlipoca.

—Si actúas así con el poco poder que tienes, en cuanto me vaya, la oscuridad acabará consumiéndote.

Toda la diversión abandonó el rostro de Naran. Él también había notado la falta de empatía y compasión que sentía por los demás. «Me estoy volviendo como él», pensó con autodesprecio al recordar la caricia de Kinich Ahau. Descartando el pensamiento y concentrándose en el presente, se dio cuenta de que era demasiado arriesgado esperar y ver qué pasaría una vez que Quetzal desapareciera.

—¿Hay alguna manera de que puedas poseer a alguien más?

—Estoy demasiado débil para eso.

—¿Y si muero?

—Yo también terminaría muriendo.

Naran siguió caminando de un lado a otro, pensando en una forma de evitar que una parte de la esencia de Quetzal desapareciera por completo.

—¿Y si te devuelvo parte del poder que me prestaste?

Una pequeña risa salió de la figura en sombras, lo que hizo que Naran sonriera un poco.

—Ni siquiera sé cómo pudiste consumir mi esencia en primer lugar. —Lo miró con empatía—. ¿Tienes miedo de perderme?

—Tengo miedo de en quién me convertiré una vez que te hayas ido.

Ambos se quedaron en silencio compartiendo el mismo temor.

En pocos días, el mundo de Naran había cambiado por completo. Había dejado lo único que había conocido en toda su vida. Para bien o para mal, tuvo que lidiar con las consecuencias de sus acciones. Incluso si, en verdad, Kinich Ahau no le había dado muchas opciones. Sin embargo, tenía que terminar lo que había comenzado de una forma u otra.

Llegó la mañana y, con la mente fresca, le pidió a Quetzal que se sentará. Había estado pensando en todo tipo de ideas y necesitaba discutirlas con Quetzal.

—Kinich Ahau dijo varias veces que ustedes dos eran como uno. ¿Hay alguna forma de doblar la luz como lo hizo él? Si el problema es mi inconsciente, tal vez podamos borrarla u ocultarla.

Quetzal miró hacia arriba dejando escapar un suspiro, y volvió a verlo.

—No dobló la luz. Ciertos objetos fueron hechos para nosotros. La mayoría de ellos han sido destruidos, aunque parece que conservó algunos.

Dicho esto, Naran intentó otra ruta.

—¿Y si olvidamos quiénes somos?

—Nuevamente, eso solo se puede hacer con el objeto que tiene Kinich Ahau. Además, sería imposible esconder cosas el uno del otro.

—Entonces ¿cómo fue posible que Tezcatlipoca olvidará quién es?

—Supongo que poseyó a un humano en un intento de esconderse de los de nuestra especie y, en algún momento, empezó a volverse uno con la persona. Esto debe haber alterado sus conocimientos.

—No entiendo.

—Kinich Ahau nos dijo que, si queríamos escondernos de nuestros mayores, siempre podríamos poseer un ser humano. —Quetzal se detuvo. Sus ojos se abrieron un poco, casi como si se diera cuenta de algo—. Ahora que lo pienso, tal vez lo dijo para engañarnos, ya que, específicamente evitó mencionar el hecho de que, si nos quedamos demasiado tiempo en un cuerpo, olvidaremos quiénes somos y nos volveríamos humanos.

«Si esto es cierto, tal vez sí les ayudamos a recordar a todos esos dioses quiénes son en realidad y les decimos que fue culpa de Kinich Ahau, entonces juntos podríamos tener la oportunidad de derrotarlo».

—Entonces, ¿por qué no les ayudamos a recordar? Es posible que recuperen sus habilidades.

—La mente humana es muy frágil. Ya te expliqué esto.

Con eso, todas sus esperanzas murieron. Habían vuelto al punto de partida, aunque cuanto más cuestionaba, menos ignorante se sentía. La mayor parte del tiempo, tenía que seguirle el juego. Ahora que tenía a alguien que podía responder a sus "por qué", era la oportunidad perfecta para aprender finalmente sobre su tipo y su historia.

—¿Cómo es que terminaste con Kinich Ahau?

Los ojos de Quetzal se abrieron mostrando sorpresa al escuchar su pregunta.

—Nos unió. —Su voz tenía un toque de nostalgia, y Naran no pudo evitar sentirse triste por la vida que Quetzal tuvo que soportar. Hasta ahora, había sido una mera sombra con ojos. Pero alguna vez fue como Kinich Ahau.

—Fui sentenciado a muerte por interactuar y matar humanos. Kinich Ahau vino y me rescató. Me conmovieron sus acciones y pensé que sus intenciones eran buenas. Él era un hermano para mí —hizo una pausa por un segundo y la comisura de sus ojos se elevaron un poco como si estuviera sonriendo débilmente—, trató de convencerme de que los humanos no valían la pena, que por ellos casi muero. Al principio, le creí y luego la conocí. Parecía no molestarle que estuviera con ella, así que hicimos un trato, pero rompió su promesa y discutimos. Pude ocultar parte de su energía, pero me debilitó, lo que le permitió reducirme a esta sombra. Me amenazó reteniendo tu… su vida.

Naran dejo de escuchar después de "hermano", jamás se le

habría ocurrido la posibilidad de que Quetzal tuviera una familia.

—¿Significa que tienes padres? —preguntó.

El rabillo de los ojos de Quetzal se volvió a mover hacia arriba, dejando en claro su evidente sonrisa.

—Cuando dije que era como un hermano para mí, quise decir que todos los de mi especie son como una familia. Nacemos diferente. —Se tomó un momento y continuó—: Yo diría que es similar al miaccîtlalli. No sabes dónde ni cuándo, pero de repente hay un nuevo xitlalli. Por eso digo que todos estamos conectados.

La expresión de confusión en su rostro hizo que Quetzal elaborará un poco más.

—Si te ayuda, piensa en nosotros como una evolución de la humanidad. La mayor diferencia, diría yo, que tenemos es que, nacemos sin malicia. Nuestro propósito y núcleo es aprender sobre todo y cualquier cosa. Expandir nuestra energía o poder, como te plazca decirle. El problema es que el aprendizaje viene de la mano de la curiosidad. Entonces, cuando los tuyos aparecieron, mostrando todas esas emociones… bueno, ya sabes el resto. Fue entonces cuando Kinich Ahau se convirtió en quien es ahora.

La posición tensa en la que usualmente se encontraba la figura en sombras, ahora, poco a poco, parecía estar relajándose.

Todo esto tenía sentido parcial, porque cómo era posible que, si no tenían idea de qué son las emociones, cada vez que hablaba de ella o de su pasado, suena como si estuviera sintiendo amor y tristeza. Naran apoyó los pies en el suelo, preparándose para hablar de un tema que, incluso para él, era un misterio.

—Entonces, ¿los de tu especie no son capaces de amar?

—No es que no seamos capaces, es más bien que lo hacemos diferente. —Quetzal miró hacia arriba por unos minutos como si estuviera pensando mucho en algo—. Por ejemplo, ves un árbol y no sientes nada porque para ti es solo madera y hojas. Nosotros vemos luz de diferentes colores pasando por cada rama y hoja. Luego tratamos de entender su propósito, y cuando lo hacemos, comenzamos a amarlo. No nos apropiamos de ese árbol, no lo necesitamos por motivos personales, lo dejamos ser y eso nos hace felices.

Todo le pareció como una gran farsa debido a que si lo que decía Quetzal era cierto, entonces ¿por qué sucedió todo este caos?

—¿Te resulta aburrido admirar las cosas? —dijo sin pensarlo.

Le tomó un momento a Quetzal responder.

—¿Por qué estaríamos aburridos? Hay millones de cosas por descubrir, comprender y amar.

Esto no respondía a la pregunta de Naran.

—El hecho de que tantos de ustedes terminarán entre nosotros significa que no estaban tan a gusto en su pequeño mundo —dijo nuevamente sin pensarlo.

—Amar algo libremente entendiendo su verdad nos hace felices y contentos. Sin embargo, la felicidad no es nuestro objetivo en la vida. Nuestro objetivo es aprender, y cuando lo hacemos, podemos experimentar la felicidad y no tomamos decisiones basadas en eso, ni es nuestra motivación. La razón por la que muchos de nosotros caímos en tu mundo fue la necesidad de satisfacer nuestra curiosidad, de aprender y comprender por qué haces lo que haces.

—Mmm tanto para una raza superior.

Quetzal se rio entre dientes ante el comentario.

—Si parece ser que también cometemos errores.

—¿Significa que adquirieron nuestras costumbres?

—No entiendo.

Era la primera vez que se sentía un poco superior a Quetzal.

—Sigues usando los nombres que te dieron los humanos. Kinich Ahau se refiere a ti como Quetzalcóatl y viceversa.

—Ah, sí, bueno, quizás tengas razón. Así es más fácil. No obstante, no tenemos un nombre. Nombrar todo es una necesidad para los de tu especie. Para nosotros, es más importante saber cómo funcionan las cosas que cómo deberíamos llamarlo.

Se quedaron en silencio mientras el cerebro de Naran intentaba captar toda la información dada, y Quetzal esperaba pacientemente para responder a todas sus preguntas.

—Antes, dijiste que la única forma en que podían esconderse el uno del otro era entrando en este reino y poseyendo humanos. ¿Qué quieres decir con eso? —preguntó, después de unos minutos de haber digerido su conversación.

Quetzal respiró hondo antes de responder.

—Dado que todos tenemos el mismo objetivo, no hay necesidad de mentir ni de inmiscuir en los asuntos de los demás. Simplemente seguimos adelante. Solo teníamos una regla: no molestar ni interferir con ninguna vida, incluida la de ustedes. Entonces, cuando probamos tus emociones, rompimos la única regla que teníamos. Se volvió imposible detener o soltar; de ahí la necesidad de esconderse.

—¿Quiere decir que, tú sabias que había muchos de tu clase aquí?

—Muchos de nosotros rompimos la regla durante el incidente del "enamoramiento". El ser supremo, y más poderoso de todos nosotros, se deshizo de todos los infractores de la ley. Fue entonces cuando Kinich Ahau me salvó y me condenó. Pensé que nadie más había sobrevivido, pero parece que estaba equivocado.

—Quetzal desvió la mirada— Lo que más me alarma es que no pude identificar a Tezcatlipoca hasta ahora.

—Dijiste que podías esconderte el uno del otro estando dentro de un humano, entonces, ¿cómo te encontró ese dios?

—Nadie puede esconderse de él, y el hecho de que uno haya sobrevivido me hace preguntarme si fue culpa de otra persona.

—¿Cuándo dices "de él" te refieres al Ometéotl? —dijo.

Como reflejo, los ojos de Quetzal se volvieron a encoger, lo que a estas alturas Naran infirió como una sonrisa.

—Si te ayuda a entenderlo nombrándolo, sí, podemos llamarlo Ometéotl.

Dicho esto, entendió la explicación que dio Quetzal. Pero el nombrar las cosas era más que una necesidad. Es una forma de comunicarse entre los diferentes altépetl y tener palabras comprensibles para todo. Aunque tenía sentido que este comentario hiciera sonreír a Quetzal.

Mientras se miraban a los ojos, había una cosa que Naran estaba ansioso por saber.

—¿Por qué ella? ¿No tienen hembras en tu especie?

Automáticamente ante la mención de ella, los ojos de Quetzal mostraron dolor y nostalgia. Era sorprendente para Naran cómo un par de ojos podían expresar tanta emoción.

—Ella fue la primera en acercarse a mí cuando sentí todas estas emociones. Solo hizo falta su cálida sonrisa para que renunciará a todo. Por primera vez, quería algo que solo yo podía tener. —Su voz se volvió afectuosa, haciendo que el corazón de Naran se sintiera menos pesado.

—Podría haber sido cualquiera, no necesariamente ella.

—Así es.

—¿Qué hubiera pasado si ella no hubiera sentido lo mismo?

Quetzal se quedó en silencio, entrecerrando los ojos hacia Naran como si sugiriera algo. Entonces Naran recordó.

—Ah sí, cierto perdón.

Había estado hablando y haciendo preguntas como si fuera un espectador cuando él era la causa de toda esta conmoción.

Tenía claro que ellos eran la raíz de todo este lío. No importaba cuántos de ellos ingresaron al reino humano. Quetzalcóatl, Kinich Ahau, y él había destruido civilizaciones enteras. Había matado a gente inocente, había alterado el medio ambiente y había salido vivo sin un rasguño. Había otras cosas que quería discutir con Quetzal, por ejemplo, su Ometéotl. Sin embargo, a Quetzal se le estaba acabando el tiempo y necesitaba encontrar una solución rápida.

—Quedan tres altépetl: Zapoteca, Mixteca y Maya. Nos tomará cuatro días y medio llegar al altépetl Zapoteca. Por lo que he ido recopilando, el altépetl Mixteca tiene asentamientos a lo largo de la ruta que tomaremos. La más cercana está a un día y medio de aquí. Nuestra mejor opción es intentar recopilar la mayor cantidad de información posible. Hay registros de su tipo, estoy seguro, solo necesitamos encontrarlos —dijo con tal determinación que se sintió vivo de nuevo.

Quizás todo lo que necesitaba era un propósito que le proporcionará algún tipo de esperanza.

Capítulo 16

Al salir de Tula, experimentó emociones encontradas. El miedo a la incertidumbre, la angustia por las vidas que se perderán si fracasa y el temor de no ser lo suficientemente fuerte para derrotar a un dios. Al mismo tiempo, estos sentimientos le hicieron sonreír. Había pasado mucho tiempo desde que se sentía él mismo; desde que se sentía humano. Tener habilidades tan maravillosas que le dan fuerza y coraje le hicieron olvidar su verdadero yo. Había olvidado lo que se sentía ser indeciso y temeroso. «Se siente como si hubiera estado fingiendo todo este tiempo». Descartó el pensamiento rápidamente y trató de concentrarse en la senda.

El sol empezó a ocultarse y se preguntó cómo serían las cosas ahora que Tezcatlipoca estaba al mando. Sin duda, volvería a traer los sacrificios. Naran esperaba que después de todo lo que hizo, la gente cuestionará las acciones de Tezcatlipoca. Que fueran escépticos sobre si sacrificar a alguien era la forma correcta —o la única— de satisfacer a los dioses.

Su falta de conocimiento sobre rutas y senderos lo sorprendió. Hubo momentos en los que llegó a un camino sin salida y tuvo que dar la vuelta para empezar de nuevo. Sin gente alrededor a quien preguntar y habiendo decidido evitar convocar a Quetzal para ahorrar su energía —a menos que hubiera una emergencia—, tenía que resolverlo por sí mismo.

Antes de partir, recibió instrucciones de un viajero local en Tula sobre qué camino tomar. Pensó que sería fácil, pero ahora que está aquí, los caminos parecen fusionarse y crear otros nuevos o dividirse en dos, a veces hasta en tres. Afortunadamente tenía el río que lo ayuda a ubicarse. Por primera vez, la mayoría de sus habilidades fueron inútiles. A excepción de poder sobrevivir sin agua ni comida.

—¿Te das por vencido? —dijo la sombra que apareció junto a él, haciéndolo detenerse.

—Acordamos que te quedarías dentro.

—Dudo que haga alguna diferencia.

Asintió, rindiéndose, dejando que Quetzal hiciera lo que quisiera.

—Creo que di vuelta por donde no era.

—Intenta escalar esa montaña de ahí.

Naran siguió el dedo de Quetzal e hizo lo que le indico. No tenía fuerza mental para discutir.

Al llegar a la cima, vio a lo lejos un complejo teôcalli. «Parece un altépetl más estructurado que los que he visto», pensó, mientras se sentaba para admirar el atardecer.

—¿Este es el lugar?

—Probablemente. Nunca había viajado tan lejos.

Se quedaron en silencio, mirando cómo el cielo se oscurecía y pequeñas luces aparecían a la distancia. «Tiene que haber alguien en ese altépetl que pueda ayudarnos». Naran miró a Quetzal, queriendo preguntar más sobre los de su especie, pero decidió guardar silencio. Si la curiosidad los había llevado a este estado deplorable, sería mejor que continuará ignorando sus preguntas personales.

El tiempo se sentía pesado con cada paso que daba. Perder contra Kinich Ahau ya no era el problema. Lo que le molestaba ahora era en quién se convertiría. Le complacía pensar que era una buena persona, alguien que hacía lo que le decían, que no había molestado a nadie y se mantenía reservado. Hasta, por supuesto, el momento en que le quitó la vida a su madre. Por lo tanto, cuando Kinich Ahau apareció pidiendo se ayuda, sintió que tenía la oportunidad de demostrar su valía ayudando a un dios y obedeciendo. Cuando en verdad, buscaba una forma de limpiar su pasado.

Llegaron por la mañana, demorando más de lo que Naran había planeado inicialmente. Se cambió de atuendo a lo que solo podía asumir era apropiado, recordando los estilos de ropa cuando todavía podía ver a las personas como humanos.

Cuando entró en el altépetl y se encontró con todas las criaturas deterioradas, su corazón comenzó a latir con fuerza, haciendo que su visión se volviera borrosa con cada latir. «Si no solucionamos esto, terminará causando muchos problemas», pensó. Respiro profundamente, esperando que no sobresaliera entre la multitud.

—Disculpe, ¿sabe dónde reside su grandeza? —preguntó evitando contacto visual y cualquier palabra que pueda alertar a la persona de que son forasteros. Dado que no estaba seguro de que usarán el mismo término que se usa para la nobleza.

—En el lado este del teôcalli.

«Eso estuvo fácil», pensó mientras caminaba evadiendo a las personas. Al llegar, los guerreros le bloquearon el camino impidiendo la entrada al chantli.

—Los plebeyos no son bienvenidos más allá de este punto.

«Mismo prejuicio de clases», pensó recordando que él había nacido siendo alguien de las castas más bajas, mejor dicho, alguien sin casta.

—Tengo información de Tula sobre Ce Acatl Quetzalcóatl.

Los hombres se miraron unos a otros, sin saber qué hacer.

—Déjenlo pasar —dijo una voz ronca desde adentro.

«Su chantli es más elaborado» pensó admirando la estructura del lugar mientras entraba.

—¿Y bien cuál es la información? —dijo un anciano con voz áspera, sentado en un icpalli similar al que tenía Kinich Ahau.

Con una simple observación Naran noto el cozcatl hecho de un texcalli liso negro y en su regazo uno mucho más ancho, indicando que estaba en presencia de un Teopixqui.

—Los dioses me han enviado —dijo Naran cambiando los roles, haciendo que el anciano se tensará en su asiento.

El Teopixqui se aclaró la garganta mientras sus compañeros murmuraban entre ellos.

—¡Insolente! ¿Cómo te atreves a hablarme así?

Naran sonrió, pensando en lo fácil que sería matar al anciano, pero el pensamiento le quitó la sonrisa, «no volveré a hacer eso».

—Será mejor que hablemos a solas. —La voz de Naran era segura y firme haciendo que el Teopixqui, sin pensarlo, despidiera a su compañía.

Naran se deshizo de su disfraz mostrando su verdadero ser —

más bien el que creó Kinich Ahau. Tal exhibición hizo que el anciano contuviera la respiración.

—¿Q-Quién eres?

—Eso no es importante. Disculpa que te engañará, pero tengo un problema que me urge resolver. Quetzal muéstrate.

Y sin previo aviso, Quetzal apareció asustando al pobre hombre casi hasta la muerte, quien, inmediatamente después, cayó de rodillas en señal de reverencia.

—Su excelencia. ¿A qué debo el gran honor de tenerlo en presencia de este humilde servidor suyo? —dijo con voz temblorosa. «Incluso él conoce su inferioridad».

—Levántate. Odio cuando los humanos me reverencian. Me hace sentir responsable de su bienestar.

Capítulo 17

Naran nunca cuestiono las razones detrás del orden de erradicación. Nunca se le ocurrió la importancia que los altépetl tenían entre sí. Principalmente porque siempre estaba ocupado eliminando o gobernando. Por lo tanto, no tuvo tiempo de detenerse y pensar profundamente en las consecuencias que se desencadenarían una vez que un altépetl dejará de existir.

Nunca pensó que leer o escribir fuera un conocimiento necesario. Afortunadamente, a su madre no le importaba lo que pensará y lo obligó a aprender. Gracias a esto, pudo leer los registros mixtecos en dos días. Lo cuales hablaban de diferentes dioses y de cómo —basándose en sus conocimientos— se creó el mundo. Naran encontró descripciones de las formas de Quetzal, Kinich Ahau y otros, pero nada sobre lo que necesitaba saber. No obstante, la mención de cómo estos primeros gobernantes mixtecos fundaron sus ciudades y establecieron sus territorios, le dio una idea de por qué Kinich Ahau comenzó con el altépetl de Teotihuacan.

A los pocos días de estar en el altépetl Mixteca, pudo entender que cada altépetl tiene una funcionalidad específica que los obliga a colaborar entre ellos. Al desaparecer el altépetl de Teotihuacán, que era el más grande y desarrollado de todos, se generó un desequilibrio. El poder cambió. El altépetl Olmeca pereció poco después, no por Kinich Ahau como pensaba Naran, sino por un pequeño grupo de guerreros liderados por un Teopixqui desconocido, pero recordando lo que el Tecuhtli le conto Naran pensó en la posibilidad que fuera otro dios dentro de un humano.

El miedo de Naran se haría realidad si las cosas seguían como hasta ahora, ya que, el altépetl que sucumbirá después será el Tolteca. «¿Podría ser que el plan de Kinich Ahau sea destruir todos los altépetl? Aunque, ¿por qué no lo hizo él mismo? ¿En qué parte de este plan encajamos Quetzal y yo?», ese pensamiento lo hizo sentirse incompetente y la persona más inadecuada para la tarea de salvar a la humanidad.

Al contemplar los mapas que contiene la ubicación de cada altépetl, Naran se dio cuenta de que tomaron un camino equivocado que los llevó a este lugar en particular. También descubrió que los mixtecos dedicaban su fuerza de trabajo a obtener el texcalli de obsidiana en bruto, más comúnmente conocido como iztli. Luego más tarde lo transforman en armas y cozcatl, lo que explica el vestuario y el extraño texcalli que poseen.

La luz natural que ayudaba a leer comenzó a apagarse, lo que solo podía significar que se acercaba la noche, y que seguía leyendo el mismo pergamino, incapaz de comprender o avanzar. Poniéndose de pie para estirarse —acción que hace mucho tiempo no había hecho—, Naran sintió los ojos del Teopixqui quien probablemente se pregunta si está a salvo o no. «¿Por qué sigue tocando ese círculo de iztli con tanto afán?», pensó al notar sus manos.

—¿Cuál es la historia detrás del iztli?

El corazón del Teopixqui se acostumbró a escuchar a Naran hablar sin previo aviso y a un volumen alto.

—Cuando se usa como un reflejo, limpiamos nuestra alma. Cuando se usa como un arma, el alma es enviada a los dioses.

Naran escuchó a Quetzal reírse ante la explicación dada, apareciendo detrás del Teopixqui y luego dirigiéndose al círculo de iztli que estaba al lado de los pergaminos.

—Solo es un texcalli. —Los dedos sombríos tocaron la superficie del supuestamente texcalli, y un grito repentino salió de sus labios ausentes—. ¡¿Qué demonios fue eso?!

La agitación y la conmoción en la voz de Quetzal hicieron que Naran alcanzará el artefacto y lo recogiera.

—¿Te dolió cuando la tocaste?

—Esa es una pregunta estúpida, ¡no crees! —Quetzal retrocedió, temeroso del iztli.

—No está hecha para los dioses —dijo casualmente el Teopixqui.

—¡Pudiste haber compartido esa información desde el principio!

—Perdóneme su excelencia, todavía me estoy recuperando de-

—¡Ya sé! ¿Algo más que necesitamos saber? —La exasperación en la voz de Quetzal dejó en claro que le había dolido profundamente.

Naran dejó de escuchar la conversación y sacó su espada.

Toda la hoja hasta el final tenía un color similar al iztli.

—Quetzal.

—¡¿Qué?!

—Agarra mi espada.

—¡Claro que no haré eso!

La mirada que Naran le dio a Quetzal fue tan intensa que Quetzal no pudo más que desobedecer. Con su mano izquierda, agarró la empuñadura de la espada, esperando lo peor, pero no pasó nada.

—Toca el borde de la hoja.

Quetzal suspiro y, con la mano derecha, alcanzó el borde. Tan pronto como entró en contacto, Quetzal dejó otro grito.

—¡Satisfecho!

Naran tomó la espada de la mano de Quetzal y tocó el filo de la espada, sin sentir nada.

—Interesante.

—No he visto un arma de iztli tan detallada y elegante como la suya.

El Teopixqui se acercó y le tendió las manos pidiendo permiso para tocar la espada.

—Es magnífica —dijo saboreando la palabra en sus labios.

«¿Qué significa "mandar el alma a los dioses"?», la pregunta le hizo temer las intenciones ocultas que Kinich Ahau tenía cuando le dio esa espada.

—¿Qué otra cosa, no pueden tocar los dioses?

—Solo sabía esto por mis ancestros, y no estaba seguro de si era verdad o mentira hasta ahora —dijo con un tono de disculpa que le hizo creer que estaba diciendo la verdad.

—¿Tus ancestros mencionaron alguna otra cosa?

—A un día de aquí hacia el suroeste, hay otro altépetl mixteco. Escuché de un texcalli que tiene elementos especiales —dijo el Teopixqui luego de unos minutos de haberlo pensado.

—Eso puede ser cualquier piedra-

—Sshh. —Naran callo a Quetzal para poder pensar qué hacer a continuación—. ¿Hay alguien que nos pueda guiar ahí?

—¡Ciertamente! Enviaré a mi hombre de confianza para que te acompañe. —El Teopixqui se fue por un momento para hablar con un joven muchacho, dejando desatendido el círculo de iztli.

Quetzal aprovechó ese momento para susurrarle.

—Sería mejor viajar solos. Él podría-

—No puedo arriesgarme a perdernos de nuevo —la determinación que se mostraba en los ojos de Naran dejó en claro que nada lo detendría. El Teopixqui regresó adentro justo a tiempo para escuchar a Naran decir—: Nos vamos antes del amanecer.

Salió del chantli haciendo que Quetzal desapareciera en el proceso.

—Si no puedes tocar esta espada, tiene que haber otras cosas que te afecten —dijo Naran en voz alta haciendo que las personas se girarán para verlo al pasar—. El menciono limpiar el alma. Creo que sé cómo hacer eso.

Habiendo dicho eso dio vuelta a la derecha dirigiéndose a un lago cercano.

Capítulo 18

En algún momento en el transcurso del camino, el corazón de Naran cambió de posición. Trató de ocultar la lucha, pero cuando entró a este altépetl y vio todas esas criaturas, su juicio comenzó a nublarse. Aunque Quetzal está intacto, Naran sigue sintiendo la necesidad de matar a todos, plenamente consciente de que son humanos. De ahí la urgencia de recuperar la vista a toda costa. Existe la posibilidad de que después de esto, nada cambie, y tendrá que enfrentar las consecuencias, pero al menos tenía que intentarlo.

Cuando los pies de Naran tocaron el agua, inmediatamente sacó el círculo de iztli —que resultó ser una especie de espejo— del Teopixqui. «Si no soluciono esto, temo que la oscuridad me consuma antes de lo esperado», pensó mientras sus dedos apretaban la superficie.

—Hace mucho tiempo, cuando estaba vagando cerca de un río, vi a un hombre con ropa extraña sosteniendo un texcalli negro. Hablaba en un dialecto diferente, y cuando terminó, algo de su cuerpo salió y entró en el texcalli. Se veía como si estuviera hipnotizado.

—¿Quieres ponerme dentro del espejo?

—No, dudo que eso sea posible. Lo que quiero es recuperar mi visión.

Incapaz de recordar las palabras exactas, Naran intentó varias veces emular los movimientos de esa memoria borrosa solo para terminar fallando cada vez.

—Lo estás haciendo mal —dijo una voz femenina.

«Puede ser nuevamente Kinich Ahau disfrazado» pensó, evitando mirar temiendo encontrar una criatura.

—Necesitas santificarlo primero. Con tu dedo dibuja tres círculos hacia la derecha y mientras lo haces respira profundo diez veces.

Naran siguió mirándose al espejo, sin moverse ni girar, «no tengo nada más que perder», con ese pensamiento en mente cerró sus ojos e hizo lo que se le instruyó.

—¿Qué más? —dijo volteando en dirección a donde había escuchado la voz sin abrir los ojos.

—Eso depende, ¿qué quieres lograr?

—No entiendo.

—No pareces un Teopixqui, quiere decir que no estás intentando dar voluntariamente tu alma. Eso me hace preguntar cómo conseguiste ese espejo.

Naran suspiro sintiéndose impaciente.

—Tengo un problema con mis ojos —dijo ignorando el cuestionamiento de la niña.

—¡Ah! Entonces sumerge el espejo en el agua, con cuidado bebe de la superficie lo que colectes, luego abre tus ojos y mira tú reflejo, concéntrate en tus ojos. Pronto comenzarás a notar que tu rostro desaparece por completo. Cuando eso pase despeja tu mente y respira diez veces, pero no cierres los ojos.

Mientras comenzaba a hacer lo que decía la niña, la imagen que se reflejaba en el espejo hacía que perdiera el enfoque, «solo concéntrate en los ojos», pensó intentando sacar coraje. Después de unos segundos su rostro desapareció dejándolo perplejo, «¿cómo es esto posible?».

—Recuerda respirar —dijo la voz femenina, haciendo que Naran volviera a concentrarse.

La mente de Naran seguía divagando pensando cosas como por qué el aspecto de las personas cambió, pero la voz seguía siendo humana permitiéndole identificar si era una voz femenina o masculina. Incluso si estuvieran deformados, generalmente tenían algo que los hacía parecer humanos, ya sea un ojo, un brazo, una pierna, los dedos o incluso el ombligo. *Te estas distrayendo, Naran»,* había pasado mucho tiempo desde que escuchó la voz de Quetzal dentro de su cabeza, y eso fue suficiente para que pudiera terminar el ritual. Cerró los ojos y respiró una vez más.

—No tengas miedo —dijo y Naran no pudo evitar sonreír, «de los dos tu eres la que debería tener miedo», pese a todo, ese pensamiento solo lo hizo preocuparse, porque si resulta que no funcionó y sigue viendo monstruos en lugar de humanos, podría ser el final para él.

Abrió los ojos, se volvió hacia la niña y encontró a una joven de cabello largo negro, ojos marrones y labios rosados en forma de corazón. Su tono de piel revelaba que no era esclava, ni una recolectora común, sino de una dama de clase alta. La vista lo cautivo hasta que apareció el miedo.

—¿Es humana?

Quetzal emerge junto a Naran, haciendo caer a la pobre niña.

—Parece ser que sí.

Con su confirmación, Naran cayó de rodillas y lloró, dejando salir toda su frustración. La escena podía hacer que cualquiera sintiera simpatía por él, y Quetzal no fue la excepción, su mano sombría reposo sobre el hombro de Naran tratando de consolarlo.

Había estado luchando con pensamientos oscuros, peleando una batalla entre lo que sabía y lo que veía. En este momento y a pesar de lo que se hizo creer, los hechos de cuando murió su madre se desarrollaron ante él.

Su mamá yacía en medio del chakmoli, ambos rodeados de gente que gritaba y exigía sangre. Sus manos temblorosas que apenas podían sostener el tecpatl que le dieron. La sensación de impotencia cuando le ordenaron elegir entre su vida y la de su madre. En el momento en que miró a los ojos de su mamá, no pudo hacerlo. Y como último acto de amor, con una dulce sonrisa y ojos llenos de compasión, su madre tomó su mano guiándola hacia su corazón, perforando y muriendo en el acto. Era la primera vez que recordaba los hechos reales, pero esto no lo hizo más fácil. No le quitó la culpa. En todo caso, lo hizo sentir peor. Desde ese trágico día, alteró los hechos de lo sucedido y se aseguró de que nadie, ni siquiera Quetzal, supiera la verdad.

—¿Quiénes son? —dijo la niña trayendo a Naran al presente, recordando que no estaban solos.

—¿Hay alguna manera de hacerla olvidar? —dijo Naran después de aclarar su garganta.

Incluso después de recuperar la vista, no lo liberó de convertirse en un ser humano repugnante, y Quetzal estaba consciente de esto.

—No creo que sea una buena idea hacer eso.

—Yo-Yo prometo no decir lo que he visto —dijo la niña con

voz temblorosa que reveló lo asustada que estaba. En cuanto a Naran, por un breve momento, la idea de matarla cruzó por su mente.

—Muy bien vete ahora —dijo Quetzal incitando a la niña a huir mientras sostenía a Naran en su lugar. Ella corrió lo más rápido que pudo y, cuando se perdió a lo lejos, Quetzal lo soltó.

—Eso no era necesario. No la iba a lastimar.

—Puedo escuchar cada uno de tus pensamientos, y me molesta que incluso cuando la veías como una humana normal, todavía eligieras lastimarla.

—¡No puedo evitar pensar cosas así pero no significa que vaya actuar sobre dichos pensamientos! —Naran se puso de pie limpiando su ropa y saliendo del lago—. Está bien si no confías en mí. En este punto, ni siquiera confío en mí mismo. Pero, no creo que entiendas realmente con lo que tengo que lidiar. Sabes lo que eres y quién eres. Conoces tus limitaciones. En cuanto a mí... Quetzal, ya ni me siento humano. ¡Incluso cuando era humano, no tenía coraje, ni compasión, ni nada! Kinich Ahau me dio todo eso, para bien o para mal. —Se sentó, recargándose en el tronco de un árbol sintiéndose derrotado—. No tenía nada y no era nada. Por lo tanto, entiendo por qué en el momento en que obtenga más poder, me corromperá. ¿Pero acaso no notaron que yo ya estaba podrido mucho antes de que aparecieran ustedes? La diferencia es que, en ese entonces, el único al que hubiera lastimado era a mí mismo.

Quetzal se le acercó y volvió a intentar consolarlo.

—Naran ellos te hicieron matar a tu madre no fue-

—¡Me dieron una opción!

—Y elegiste sobrevivir.

Naran se rio ante el comentario de Quetzal.

—Has estado demasiado tiempo en este mundo. Si el antiguo tú, antes de la llegada de los humanos, viera todo esto, ¿qué crees que hubiera dicho?

—Una vida es una vida, no importa lo que haga, nadie debería quitarle la oportunidad de vivir —dijo con un suspiro.

—¿Y cómo hubieras arreglado esto?

—No estoy hecho para arreglar o modificar. Yo solo puedo observar y preservar.

—Entonces, ¿qué estás haciendo aquí?

Los ojos de Quetzal se agrandaron porque también se había hecho esta pregunta.

—Estoy preservando una vida que aprecio.

—Bueno, no quiero que hagas eso. Quiero que me dejes ir.

—Yo… no puedo.

—¿No puedes o no quieres?

—¡¿Qué diferencia hay, Naran?! A estas alturas, a quién le importa si me quedo o me voy, ya hice suficiente daño a tu mundo, y si puedo hacer algo para arreglar solo una parte, lo haré.

El sol se escondió detrás de las montañas permitiendo que la luz de las xitlalli cubriese el cielo.

—Cómo puedes arreglar algo cuando ni siquiera sabes lo que "arreglar" significa. Y eso es solo el comienzo porque no estoy seguro de que entiendas lo que es ser humano. No se trata solo de respirar, comer o beber. Es mucho más complejo que eso. Estoy seguro de que nunca has experimentado dos emociones que se contradicen. ¡Joder ni siquiera creo que hayas experimentado la soledad al máximo! Lo único que experimentaste es el amor y el corto período de felicidad que te brinda.

—La vi morir, así que no asumas que-

—Oh pobre Quetzal, viste morir a una persona que amabas. Yo maté a alguien que amaba. He visto morir a personas queridas para mí constantemente. La muerte es parte de nuestra dimensión o mundo, ya sea que conozcas a la persona o no. Miles de personas inocentes mueren como una ofrenda a los de tu especie porque no pudieron detener su estúpida curiosidad. ¡No tienes derecho a sentirte culpable o triste por ninguno de nosotros!

La figura sombría se tumbó en el suelo, haciendo difícil distinguir sus bordes.

—Tienes razón. Dime qué quieres que haga.

Esta vez Naran suspiró, sintiendo que su ira se derretía lentamente.

—Ni siquiera pudiste recuperar mi visión. Yo tuve que encontrar una manera de resolverlo. —Los sonidos de los insectos hicieron que el silencio en la cabeza de Naran se sintiera menos pesado—. ¿Sabes lo que quería hace unos días, Quetzal? Quería que los de mi especie tuvieran una oportunidad sin que los tuyos se entrometieran. Cuanto más tiempo pasa, menos me importa eso.

—¿Qué crees que pasará cuando obtengas el resto de mi esencia?

Naran se ríe y suspira, mirando al cielo.

—Indiferencia.

—¿Qué quieres decir con eso?

—Dijiste que los humanos tienen la tendencia a la malicia, pero creo que eso depende de quien está juzgando. Si las altas autoridades te dicen que matar a alguien salva o protege a los demás lo vas a hacer, no por malicia sino por el bien común. Después de un tiempo, te deja de importar las vidas perdidas, y lo comienzas a hacer por hábito, porque ¿quién cuestionará si están haciendo el bien o el mal? Teniendo esto en mente, cuando obtenga ese poder, solo intensificará la sensación de que no me importa nada, ni nadie porque la muerte siempre ha sido parte de mi vida.

Era la segunda vez que Naran le explicaba algo a Quetzal. Desde que se conocieron, ha sido al revés. Naran tuvo que quedarse callado y fingir que entendía lo que estaba pasando cuando en realidad, ni siquiera podía comprender cómo se puede esconder un artefacto en medio de un rayo de luz, el cual, parece tener vida propia.

Cansado y agotado de usar su voz, dijo una última cosa: «Tu ciertamente tienes una inteligencia superior a la de cualquier humano. Esa es la razón probable de porque eres incapaz de comprender emociones, pensamientos y sentimientos. Hay muchas más cosas que el amor y la pérdida», sabiendo que Quetzal podía escuchar sus pensamientos —bueno casi todos.

Capítulo 19

El viento frío y un sol que no provee calor, pronostican el
inicio del invierno. Para Naran, esta es la peor temporada del año.
Alrededor de esta época, la clase baja sufrirá la mayor parte del
daño. No muchos sobreviven. Sin embargo, esto es común, nadie
se preocupa por el número de muertes, simplemente adquieren
más esclavos para compensar.

Se tomó un momento para ver sus manos, recordando cuando
se pusieron azules, y rápidamente encendió una fogata, rezando
para no perder ninguno de sus preciosos dedos. Fue entonces
cuando se dio cuenta de lo cruciales que eran sus manos. Eran su
herramienta de trabajo y, sin ellas, se convertiría en el próximo en
ser sacrificado o, peor aún, en esclavo.

Con el recuerdo en mente, se da cuenta de que la brisa fría no
le afecta. Mientras que el joven que les dio el Teopixqui sigue
tiritando de vez en cuando, evocando en Naran cierta nostalgia.
«Así es como se debe sentir Quetzal. Sabiendo que tienes que
sentir algo, pero no experimentas ninguna sensación», pensó
mientras miraba al chico con envidia.

—Xoaltentli —dijo Naran quitándose la capa y dándosela al muchacho.

—S-Señor yo no soy digno.

—Yo tampoco así que tómala.

Xoaltentli tomó la capa y sonrió al sentir la suave tela con las yemas de los dedos. Cuando la capa estuvo alrededor de sus hombros, sus ojos se abrieron. Naran tomó esto como señal de que Xoaltentli era un simple esclavo cuya vida dependía del Teopixqui. En muchos sentidos, se parecían. Por alguna razón, esto hizo que Naran sintiera curiosidad por saber si alguien más de clase baja habría hecho lo que él hizo solo para sentirse un poco importante.

—Si tuvieras la oportunidad de ser otra cosa, ¿la aprovecharías? —dijo Naran queriendo sentirse mejor por sus elecciones.

—Creo que no entiendo lo que quiere decir, señor.

—Si pudieras ser un Tecuhtli o un Teopixqui, ¿lo harías?

Xoaltentli tardó un momento en comprender lo que decía Naran.

—No me atrevería a ser otra cosa —respondió mirando al suelo.

—¿Por qué?

—Porque eso no es lo que soy, y no sé cómo ser otra cosa.

—¿Qué tal si alguien te enseña cómo hacerlo?

Xoaltentli le mostro una cálida sonrisa, casi implicando que Naran no sabía cómo funciona el mundo.

—Hay cosas que no deberían enseñarse sino haber nacido con ello.

—No entiendo.

—Mire a los pájaros —dijo Xoaltentli apuntando al cielo—, nacieron para volar y la manera en que lo hacen es hermosa, pero si toma a una gallina y le enseña a volar alto como esos pájaros, sería bizarro verla moverse por el cielo.

Las palabras que Xoaltentli usa y el vocabulario complejo son demasiado sabias para ser de un esclavo.

—¿Cuál es tu posición?

—¿Señor?

—A qué te dedicas.

—Soy un aprendiz.

—¿De qué?

—De todo.

—Esa es una respuesta vaga.

Xoaltentli le dedicó una simple sonrisa y siguió caminando. «¿Quién exactamente es esta persona?» la pregunta se quedó rondando en su cabeza.

Decepcionado por la respuesta, rectificó su pensar, no eran iguales. Al final solo estaba buscando una desesperada excusa para intentar calmar los restos de su conciencia, intentando encontrar una pequeña esperanza para salvar su alma.

Viajando en silencio, notando los árboles sin hojas, sumergido en pensamientos de vida y muerte, Naran camina detrás del pequeño esclavo. A veces, Xoaltentli sugiere detenerse para comer o descansar, y Naran simplemente obedece. Incluso si ya no necesita comida, ni necesita dormir, aun así, debía fingir ser humano.

Sin ninguna intención o propósito en particular, Naran seguía barriendo con los pies las hojas, al costado del camino creando una sencilla vereda. Aunque, en algunas partes no había rastros de hojas secas, sugiriendo que muchas personas habían caminado por esa misma ruta estrecha con un objetivo desconocido. Esto amplió la curiosidad que Naran, en algún punto de su vida había sentido, y que descuido desde que Quetzal entró en su cuerpo. Al mismo tiempo le hizo pensar en muchas cosas que nunca antes se le habían ocurrido. Por ejemplo, ¿por qué alguien tendría que recorrer una distancia tan grande para llegar a un lugar desierto, transformarlo y luego partir de nuevo? «Tremendo círculo vicioso tenemos», pensó mientras recogía un pequeño texcalli del suelo. Esto lo llevó a pensar por qué Kinich Ahau estaba haciendo todo esto. Si ya era un dios y un ser poderoso, ¿qué más está tratando de lograr? ¿Por qué le tomó tanto tiempo si pudo haberlo intentado en otras vidas? Si es que la reencarnación es real de todos modos. ¿Por qué esta vida es tan única?

Al día siguiente, después de que Xoaltentli despertó, continuaron caminando hasta que el suelo se volvió plano y liso. Las montañas que Naran vio ayer como un punto diminuto ahora se estaban haciendo cada vez más grandes. Hipnotizado por la alta montaña, Naran redujo el paso y siguió admirando cómo las nubes ocultaban la cima de la colina. Luego, cómo la pequeña porción visible debajo de las nubes estaba cubierta de color blanco.

—Es el Popocatépetl y su amor Iztaccíhuatl. —la voz de Xoaltentli trajo a Naran de vuelta al presente.

—¿Quiénes son ellos? —preguntó Naran no estando seguro de qué estaba hablando.

—Esas dos grandes montañas, señor. Llegaremos pronto.

«Parece ser que Quetzal tenía razón sobre querer nombrar todo», pensó.

—¿A qué te refieres con "su amor"? Son dos simples montañas —dijo Naran con la curiosidad sobrepasándole.

—Alguna vez fueron humanos.

Naran se rio, pero al ver lo serio que Xoaltentli lo dijo, se aclaró la garganta.

—¿Cómo terminaron así? —dijo apuntando a las montañas.

—Hay diferentes historias. Cada altépetl tiene una versión. La más popular dice que ocurrió una guerra y Popocatépetl tuvo que irse y luchar por su pueblo. Antes de partir, prometió volver y casarse con Iztaccíhuatl.

»Después de días y noches, una persona maliciosa engañó a Iztaccíhuatl diciendo que Popocatépetl había perecido en la guerra. Su corazón no pudo soportar tales noticias y murió. Cuando terminó la guerra y Popocatépetl regresó victorioso, se le dio la terrible noticia.

»Después de ese día, la gente lo vio deambular por el pueblo, sin comer, ni dormir. Hasta que un día, ordenó a algunas personas que construyeran un teôcalli donde el sol tocaba la tierra. También les dijo que construyeran una tumba y la colocarán en la parte superior.

»Una vez terminado, tomó el cuerpo sin vida de su amada y lo colocó allí, dándole un último beso. Se quedó con una antorcha cumpliendo su promesa de permanecer a su lado. Desde ese día, nunca se han separado.

«¿Por qué la gente hace cosas tan tontas por amor? No entiendo qué los lleva al punto de no retorno». El pensamiento creó una presión en su pecho que nunca antes había sentido, y solo podía imaginar la razón detrás de ello.

—Bien, ¿y cómo terminaron convirtiéndose en una montaña? —dijo tratando de ignorar el dolor.

—Los dioses sintieron lástima de ellos y los transformaron para mantenerlos juntos.

«¿Por qué un dios haría eso? Los dioses que conozco ciertamente no lo harían».

—No creo que tengan esa clase de poder.

—Leyendas son leyendas señor. Puede que oculten alguna verdad, incluso si es una pequeña.

Al recordar sus conversaciones con el último Teopixqui, Naran se preguntó si Xoaltentli podría tener algo que agregar.

—¿Hay alguna leyenda sobre un texcalli especial que tiene efectos sobre un dios?

—Había un cuento antiguo que decía que, una variedad de objetos, fueron creados mediante sacrificios de los poderosos Teopixqui. Cada uno de ellos tenía enormes poderes que podían convertir a cualquiera en un dios. Sin embargo, de ser esto cierto, no sería fácil de encontrar —dijo después de haber pensado unos minutos.

Es posible que estas cosas existan, pero Naran no quería convertirse en un dios, sino que necesitaba contener a uno.

Llegando a la entrada del altépetl y al haber complico con su promesa de entregarlos sanos y salvos Xoaltentli los dejo tan silenciosamente como llegó. Al seguir caminado Naran noto que todos parecían ajenos a las cosas que habían sucedido. Nadie parecía preocupado por la devastación que había estado ocurriendo. Ignorando a todos y sin impórtale las restricciones de rango se dirigió directamente al Teopixqui del altépetl, ya que, presentía que el tiempo se estaba acabando.

Los días pasaban volando, y por más que Naran le preguntaba a la gente sobre el "texcalli", solo se miraban y lo ignoraban, despidiéndolo rápidamente. La última opción que le quedaba era hablar con el Tecuhtli, y este se había ido al altépetl Zapoteca y nadie sabía exactamente cuándo regresaría. «¿Por qué cada que doy un paso hacia adelante, me empujan dos pasos hacia atrás?», pensó, esperando que Quetzal respondiera, pero se había quedado callado y Naran temía lo peor.

Se sentó en un vasto texcalli en la base del Popocatépetl derrotado.

—¿Señor? —Naran se volvió para ver el rostro sonriente de Xoaltentli—. Pensé que era usted. ¿Está todo bien?

Naran suspiro, sin estar seguro de si haría alguna diferencia.

—No, no puedo encontrar ese "texcalli" especial.

—¿Para qué lo necesita?

—No sé si lo necesito o no. Solo sé que puede ser la respuesta. —Xoaltentli le devolvió la capa y se sentó en el suelo—. Yo te la regale. No lo necesito.

—Sería un desperdicio si yo me lo quedo. —Naran se puso la capa sabiendo que no iba a hacer ninguna diferencia—. ¿Cuál es esa pregunta a la que está tratando, desesperadamente, de encontrarle una respuesta?

—Es complicado.

—Intente, señor.

Naran suspiro nuevamente.

—Si tu pudieras… matar a un dios. ¿Cómo lo harías?

—Eso es imposible. —La respuesta de Xoaltentli hizo reír a Naran porque era consciente de eso. Esperó a que Naran se compusiera y luego continuó—. Si ni siquiera un humano puede morir. ¿Qué le hace pensar que un dios sí?

»Señor, el cuerpo humano es solo un recipiente que contiene la esencia, el recipiente tiene fecha de caducidad, pero la esencia es infinita. Si me lo pregunta la única diferencia entre un dios y nosotros es el recipiente.

Dejándolo sin palabras e incapaz de reaccionar ante la información inesperada. Naran tardó un momento en comprender lo que decía Xoaltentli.

—Si lo que dices es cierto, entonces los humanos tendrían habilidades extraordinarias.

—¿Y quién dice que no las tienen? Una mujer y un hombre son capaces de crear vida juntos. Pueden soportar dificultades todos los días-

—Esas no son habilidades extraordinarias —dijo Naran cortando la frase de Xoaltentli a la mitad, quien simplemente sonrió indiferente a la interrupción.

—Señor, algunas veces la realidad se come a la ficción. —Habiendo dicho eso se paró y caminó hacia el borde del risco—. No se preocupe por esos pensamientos. A veces la ignorancia es una bendición. —Lo miró, dándole una última sonrisa, dio un paso atrás y cayó por el acantilado.

Naran se despertó sudando e incapaz de recordar cómo o cuándo exactamente se quedó dormido. Trató desesperadamente de aclarar su mente, sin saber si era un sueño o un evento real.

—¡Quetzalcóatl! —dijo Naran a todo pulmón.

La sombra apareció más rápido de lo usual.

—¿Qué sucede?

Naran no podía encontrar sus palabras. Su cerebro era un considerable nudo.

—Yo-yo...él, él se cayó, yo lo vi y-

—Naran, lo que dices no tiene sentido. ¿Por qué no intentas dormir más?

—No, no, necesitamos encontrar el texcalli y, y-

—El Tecuhtli aún no ha llegado. Tenemos que esperar.

No necesitaba dormir, pero por alguna razón tenía una

sensación de pesadez en los ojos y el cuerpo le suplicaba que descansará. Inseguro y un poco nervioso, se volvió a dormir.

Sin sueños y bien descansado, Naran caminó hacia los jardines de teôcalli, donde el Tecuhtli lo estaba esperando. Esta es la última oportunidad que tiene para averiguar dónde puede encontrar el texcalli o si existe tal cosa.

Al llegar, se dio cuenta de lo joven que se veía el Tecuhtli. Estaba de pie muy tranquilo, y al ver que Naran se acercaba, lo encontró a mitad de camino. Con una sonrisa brillante, se presentó y luego preguntó con un toque de diversión:

—¿Naran, de dónde eres?

—Del altépetl Olmeca —dijo Naran evitando mencionar lugares exactos, o previos.

—Haz hecho un gran recorrido para llegar hasta aquí. —Ignorando la conversación por completo y desesperado por respuestas, Naran fue directo a lo que necesitaba saber.

—¿Cómo estuvo tu viaje en el altépetl Zapoteca?

El comportamiento de Naran hizo sonreír brevemente al Tecuhtli. No obstante, este respondió con calma:

—Fue más largo de lo que pensaba. —Puso sus manos detrás de su espalda—. No estoy acostumbrado a hablar con gente de tu clase. Por lo que me han dicho, escalaste amenazando a la gente.

La forma en que hablaba hizo que Naran perdiera la pequeña cantidad de paciencia que tenía.

—El texcalli.

—Ah, sí, también me han dicho que has puesto todo el altépetl patas arriba buscando este texcalli, pero me temo que no existe tal cosa en este lugar.

—Estás mintiendo.

—O alguien te mintió a ti.

Aunque lo que dijo era una posibilidad, Naran no estaba de humor para participar en juegos mentales.

—Quetzal, muéstrate. —Contrario a la reacción del Teopixqui mixteco, este Tecuhtli se mantuvo tranquilo y sereno, cuando la figura hecha de sombras apareció junto a Naran—. ¿Qué dices ahora?

El Tecuhtli miró de Quetzal a Naran y sonrío.

—No sé nada sobre dicho texcalli. —La sombra creció en tamaño tratando de intimidar al hombre, pero no hubo reacción —. El problema es que tu amiguito ya no es considerado un dios —dijo como respuesta a su falta de miedo.

—¿Qué?

—Es una mera sombra de lo que solía ser. Yo no sirvo a dioses inferiores —dijo Tecuhtli con aire de superioridad.

Naran lo agarró por el cuello lo suficiente como para dificultar la respiración del hombre.

—Quizás no le temas a él, pero deberías temerme a mí, ¡ahora respóndeme!

—Yo-yo no sé-

—Eso no es lo que quiero escuchar.

—Naran detente. Vas a matarlo —dijo Quetzal, incitando a Naran a que recordará que había jurado no herir a ningún otro humano.

Contra sus deseos, soltó un poco el cuello del Tecuhtli

—Intenta hablar nuevamente.

—Te-tenemos iztli y o-otras piedras preciosas-

Como no era lo que quería escuchar, decidió soltarlo, haciendo que el Tecuhtli cayera al suelo, tratando de recuperar el aliento. Después de unos minutos, Naran decidió probar otra ruta.

—Bueno entonces dime cómo puedo contener esta sombra para que no desaparezca.

El Tecuhtli se levanta, se sacude el polvo y se enfrenta a él.

—Si tal cosa es posible, solo la encontrarás en el territorio Maya. Hay un teôcalli llamado Chichén Itzá —dijo con calma—, envié un grupo de guerreros a recolectar algunos cozcatl.

La idea de que alguien ignorará el estado actual de devastación y muerte solo para reunir algunos cozcatl hizo que Naran se riera y se sintiera menos mal consigo mismo.

—Mis hombres temían tocar ese lugar.

Incluso si esto fuera cierto, Naran no tiene el tiempo necesario para viajar tal distancia.

—¿Cómo puedes estar tan seguro de que Chichén Itzá podría ayudarme a contener la sombra?

—Mi Teopixqui, tuvo una revelación donde un dios temblaba de miedo mientras quedaba atrapado en ese lugar.

Naran agarro el Tecuhtli por el collar.

—Parece que estás haciéndome perder mi tiempo.

—Yo-yo te juro que esto es-

—¿Viste a Xilavela en el altépetl Zapoteca? —dijo Naran interrumpiendo al hombre asustado cuyos ojos luchaban por recordar ese nombre—. La princesa Xilavela —repitió Naran intentando ser más preciso.

—Allí, no existe una persona con tal nombre.

Naran lo soltó, inseguro de lo que estaba pasando, y miró a Quetzal, quien respondió a la pregunta silenciosa de Naran.

—Conociendo a Kinich Ahau, probablemente descubrió lo que estás tratando de hacer.

—Dijo que podía reunir toda la información que quisiera y dijo que estaría esperando.

—Sí, información. No que arregles tu vista e intentes contenerme. Además, nunca dijo que esperaría en el altépetl Zapoteca.

Lo que decía Quetzal tenía sentido, pero algo no iba bien. Dejando el Tecuhtli, regresó al chantli en el que se estaba quedando y comenzó a caminar en círculos, tratando de encontrar una respuesta. Mientras Quetzal se quedó en silencio en un rincón viendo cómo Naran se volvía ansioso y neurótico.

—La niña que nos ayudó en el lago. ¿Estás seguro que era humana?

—Si, estoy seguro.

—¿y Xoaltentli?

—Naran, estoy parcialmente conectado con Kinich Ahau. Si hubiera sido él lo hubiera podido reconocer.

—Entonces ¿por qué no me dijiste de Xilavela en ese instante?

—Se veía como un humano. Tú mismo lo reconociste, ¿Te acuerdas?

Por un momento, Naran se sintió mareado y se sentó en el suelo. «Algo está mal. Me duele la cabeza».

—Respira Naran, respira —dijo Quetzal y en la segunda respiración Naran se desmayó.

Capítulo 20

Se encontraba sentado en la base del Popocatépetl, sin saber cómo llegó allí o cuándo, se levantó rápidamente. Su corazón comenzó a latir fuera de control.

—¿Señor? —una vez más, Xoaltentli apareció de la nada, indicando que estaba soñando.

—¿Quién eres realmente? —dijo Naran con una voz temblorosa que mostraba que estaba a punto de romperse.

—Eso no es importante. —Desorientado y asustado Naran tomo a Xoaltentli del cuello—. No le haré ningún daño, señor.

—No sé cómo estás haciendo esto, Kinich Ahau, pero te prometo que te vas a arrepentir.

—Parece ser que me está confundiendo con alguien más. —Sonriendo, con un movimiento rápido, se alejó del agarre de Naran con facilidad.

—¡Estoy perdiendo la cabeza! —dijo Naran con frustración, había llegado a su límite haciendo que lágrimas rodarán por sus mejillas.

—¿Esta así por la respuesta que no puede encontrar? —

pregunto Xoaltentli mientras lo guiaba hasta un árbol. y lo hizo sentarse.

Sentado y con sus manos temblando, Naran se sintió pequeño y débil.

—Ya no lo sé.

Colocando su mano sobre la mano de Naran, intentó calmarlo con una pequeña sonrisa.

—Eso es bueno.

La mirada de Naran sugirió que no estaba seguro de quién estaba más loco.

—Es bueno que hayas llegado al final de este camino. Ahora tendrás que dar un paso atrás y ver el resto —dijo Xoaltentli como explicación de lo que quiso decir.

—Yo n-no entiendo.

—¿Le tiene miedo a la muerte?

Naran se miró las manos y recordó toda la sangre y las vidas que había tomado.

—A estas alturas lo único que quiero es morir.

Xoaltentli sonrió de nuevo.

—Si no le teme a la muerte, ¿por qué importa la respuesta o la pregunta?

Las comisuras de los labios de Naran se movieron hacia arriba, mostrando una débil sonrisa.

—Porque no seré el único que muera. —y con eso, Naran soltó un grito que salió desde su corazón. Por un momento, olvidó que podía sentir cosas como el temor de no poder proteger a alguien más.

—Ya veo —dijo Xoaltentli dándole palmaditas en la espalda para consolarlo.

No importaba si Xoaltentli era un amigo o un enemigo. La mente de Naran tenía tantas cosas que había guardado durante tanto tiempo que lo único que podía hacer en ese momento era dejar salir todo.

—Creo que el problema que tiene es que quiere actuar con dureza y sin dolor, pero lo que está haciendo es huir. La muerte real de su madre, la forma en que tuvo que vivir, la injusticia y crueldad de los de su especie. Es válido que esas cosas provoquen emociones genuinas como ira, tristeza y dolor.

No le sorprendió que Xoaltentli supiera todo eso, especialmente la muerte de su madre.

—No quiero sentir nada de eso —dijo Naran casi sin aliento.

—Ah, mira, ahora sale la verdad. Los sentimientos son parte del ser humano y estar vivo.

—Pero duele demasiado. —Naran se golpeó el pecho repetidamente, luego agarró su ropa con tal fuerza que parecía que quería arrancarse el corazón.

—Por supuesto, dolerá tanto que probablemente morirá. Entonces pasará y tendrá que vivir, aprendiendo a hacer todo de nuevo.

—No creo que pueda hacer eso.

—Eso es porque aún no lo ha intentado. Poner resistencia y evitar esas emociones, son la razón por la que no puede seguir adelante y encontrar lo que busca.

Naran respiró hondo, tratando de calmarse para volver a hablar.

—¿Por qué me estás diciendo todo esto?

—Llegará el momento en que deberá tomar una decisión. Si no está listo, todo habrá sido en vano.

Cuando Naran se vuelve para mirar a Xoaltentli, se encuentra solo, y de nuevo todo se vuelve negro.

Al despertar con el sonido de los pájaros, Naran sintió su cuerpo adolorido, pero su cabeza estaba despejada y tranquila. Sabía, en el fondo, que Kinich Ahau nunca tendría tales consideraciones con él y ciertamente no le avisaría de lo que vendría. Aunque lo que dijo Xoaltentli no tenía sentido, Naran se sintió diferente, como si ya no fingiera ser valiente.

Recordando la conversación, se dirigió al Popocatépetl con Quetzal para asegurarse de que no estaba soñando. Quetzal no lo cuestionó, no preguntó si estaba bien. Simplemente caminó a su lado en silencio.

Después de caminar un rato llegaron hasta el mismo escenario del sueño de Naran.

—Es raro que un árbol este aquí.

La observación de Quetzal hizo que Naran se acercará al árbol, mirando y tocando cada parte. «Tiene que haber una razón por la que siempre aparece en este lugar» pensó con la esperanza de que hubiera alguna pista escondida en alguna parte.

El sol comenzó a esconderse y cada vez era más difícil ver.

—Deberíamos regresar. No hay nada aquí Naran.

Ignorando a Quetzal, siguió cavando alrededor del árbol, después de haber volteado cada texcalli. Luego, cuando la luna llena brilló intensamente en el cielo nocturno, empezaron a formarse senderos plateados en el tronco del árbol, y todos conducían al centro, donde poco a poco empezaron a componer palabras que llevaban a un mensaje.

"Comienza donde tu corazón se volvió en tu contra"

—Esa es una frase extraña —dijo Quetzal, acercándose al árbol, asegurándose de que no hubiera más palabras. Mientras que Naran repetía las palabras en su cabeza, "comienza donde tu corazón se volvió en tu contra". El problema era que Naran no recordaba cuándo había sucedido eso exactamente.

Sintiéndose confundido e improductivo, Naran regresó al chantli en silencio. Quetzal caminaba detrás de él, disfrazado con la noche, esperando que hablará y explicará lo que estaba pasando.

Decidió acostarse afuera para admirar los xitlalli.

—¿Por qué de repente me siento cansado y con sueño? —dijo Naran frotándose los ojos, sintiendo algunas lágrimas atrapadas.

—No lo sé.

—¿Podrá ser que mi lado humano está luchando?

—O tal vez estabas tratando de probarte que podías y te fuiste al extremo.

El comentario lo hizo reír porque Xoaltentli había sugerido lo mismo.

—Empiezo a creer que hay una pequeña posibilidad de que exista un Ometéotl, uno que no sea de tu clase ni de la mía. Por alguna razón, esto me da cierta paz.

Quetzal no dijo nada y se acostó junto a él.

—¿Dónde crees que está Kinich Ahau ahora?

—No lo sé.

—¿No dijiste que todavía estabas conectado con él?

—En el sentido de que puedo ver más allá de su disfraz, no que puedo saber su ubicación actual.

—Vaya, eso es algo inútil.

—Me alegro que estés de humor para burlarte de mí.

—Si este es el final, es mejor disfrutarlo, ¿no crees? —dijo Naran sonriendo y estirando las manos.

—Lo que pasó con el árbol me recordó a alguien —dijo Quetzal ignorando lo que Naran había dicho.

—¿A quién?

—No importa, él no puede estar aquí.

Naran podía sentir que algo le estaba preocupando a Quetzal, pero sabía que era mejor no indagar y dejar que él mismo lo resolviera. Al final, Quetzal siempre termina compartiendo sus pensamientos.

Los extraños sueños con Xoaltentli se detuvieron, lo que se puede interpretar de dos formas. Primero, que Naran finalmente iba en la dirección correcta. O que sucedió algo terrible, y era cuestión de tiempo antes de que apareciera Kinich Ahau. Ese pensamiento lo llevó a cuestionar el margen de tiempo que tenía. Pero si Kinich Ahau dijo que lo esperaría significa que tiene más tiempo de lo esperado.

Sin saber cuándo y dónde exactamente su corazón se volvió contra él, Naran decidió regresar a su altépetl, comenzando por el lugar en el que murió su madre. Aunque su cabeza estaba llena de recuerdos dolorosos, se sintió libre y en paz por primera vez.

Capítulo 21

Temprano por la mañana, justo antes del amanecer, Naran y Quetzal partieron. Si todo sale bien y no hay giros equivocados, deberán llegar en dos días. El haber estado viajando lo alentó a creer que no tendrían problemas para encontrar el camino correcto. Esto le hizo sentir que tenía una ventaja, junto con el Popocatépetl que le proporcionaba un buen punto de referencia.

Entre las cosas que podría necesitar, Naran incluyó otras armas que no contenían iztli. Decidiendo también evitar usar la espada que le dio Kinich Ahau que aún es un misterio el verdadero propósito que esta tiene, por lo que era mejor abstenerse de usarla.

Además de los malos recuerdos, Naran tenía preguntas que nunca antes había considerado. La mayoría de las cosas que decía Xoaltentli eran difíciles de entender. Toda su vida, solo existía "sí" o "no", "morir" o "vivir", nada en el medio y ninguna otra opción. Y en eso aparece Kinich Ahau con Quetzal, transformando todo lo que cree y demostrando lo errado que estaban sus antepasados sobre todo lo que le habían enseñado.

La sombra se mantuvo en silencio, caminando detrás de Naran.

—Quetzal, ¿cómo es que no sabías de la reencarnación?

—Cuando Kinich Ahau y yo peleamos, él me mantuvo encerrado. Me dejaba salir un rato, pero no recuerdo mucho. Además, no podía volver a la tierra, al menos no de la forma que quería —dijo mientras apresuraba el paso para caminar a la par de Naran.

Incluso si esto fuera cierto, no explicaba por qué terminaron en esta situación.

—¿Cuál fue el verdadero motivo de la pelea?

—Hicimos un trato. Kinich Ahau me ayudaría a convertirme en humano y, a cambio, me desharía de algunas personas. —Bajó el ritmo de su caminar—. Kinich Ahau atrajo a otro dios y lo hizo poseer a un humano. Una vez dentro, mató al humano, atrapando al dios. Ahí es cuando entré en el cuerpo y me convertí en humano.

Dejó de hablar exponiendo la lucha interna que estaba teniendo.

—Fue mi turno de hacer mi parte. Kinich Ahau me entregó una espada y ... no recuerdo cómo empezó, pero recuerdo haberla visto junto a Kinich Ahau. —respiro profundo—. Él me traicionó. No sé cuánto vio, pero fue suficiente para que se alejará.

Esto hizo que Naran sintiera que había una conexión.

—¿Recuerdas algún detalle en la espada?

—No.

No había suficiente información para hacer deducciones. «Cada vez que me siento más cerca de la verdad, se convierte en un callejón sin salida. Al menos había una buena razón detrás de la pelea. Pero todavía parece innecesario».

—Podrías venir aquí como Kinich Ahau ¿verdad? —dijo deteniéndose y mirando a Quetzal.

—Si.

—Entonces por qué-

Adivinando lo que iba a decir Naran, Quetzal lo interrumpió para agregar.

—Como alguien que vive una eternidad, pero yo... yo quería morir con ella. Envejecer y morir con ella.

Naran se rió ante el mensaje oculto que Quetzal estaba proyectando. Luego su rostro se puso rígido, y sin reprimirse, dijo lo que había estado pensando desde hace un tiempo.

—Te volviste codicioso.

—No es así Naran —dijo Quetzal a la defensiva.

—Querías estar con ella y estabas con ella, pero eso no fue suficiente. Querías más. ¿Cómo no es eso codicioso? ¿Por qué no empiezas a enfrentar tu verdad en lugar de excusar cada una de tus acciones? Eres un dios, después de todo. ¿A qué le temes tanto?

Quetzal guardó silencio. Sus ojos se abrieron por un momento y luego volvieron a la normalidad.

—Decepción.

—Necesito saber más que eso.

—Tienes razón. Yo era un dios. Me gané mi lugar entre los poderosos. Estaba contento con mi vida y entré en tu reino muchas veces antes de que todo se fuera a la mierda.

»La curiosidad era parte del problema, así como las nuevas emociones, pero eso no era todo. Tuve momentos en los que me sentí superior a los de tu especie y pensé en todos ustedes como una creación inútil.

»La única humana que me importaba era ella. El resto solo eran obstáculos. Entonces, cuando maté a todos esos humanos, no sentí nada, pero ella me vio. Y esa mirada en su rostro. Sus ojos mostrando miedo, tristeza y decepción. Hizo que mi pequeño mundo perfecto se desvaneciera.

Naran sabía que esto era cierto porque Quetzal a menudo mostraba arrogancia y un ego muy gordo. Aun así, algunas cosas que dijo no tenían sentido.

—Pensé que todos hacían lo mismo una y otra vez, y nadie se preocupaba por nadie. Entonces, ¿cómo y por qué te ganaste tu lugar?

Las comisuras de los ojos de Quetzal se levantaron, dando un indicio de una sonrisa.

—Hace mucho tiempo ocurrió una guerra. Las fuerzas oscuras querían apoderarse de este reino. Se nos pidió luchar y que luego seríamos recompensados. No sabía nada de matar ni de armas, así que me quedé con los demás. —Suspiro casi como si hubiera estado contando esta historia muchas veces hasta el cansancio—. Kinich Ahau se me acercó y me dijo que este reino tenía un destino, que contenía la clave de muchas cosas. Por lo tanto, necesitábamos preservarlo mediante la lucha. Me hizo creer que era parte de mi trabajo asegurar organismos tan preciosos. Lo hice y ganamos. Mi recompensa fue volverme tan poderoso como Kinich Ahau. Aunque nada cambió más que poder entrar en esta dimensión en mi forma.

—¿Esto significa que Ometéotl te pidió que pelearás?

—No, no sabemos mucho sobre él. Nunca interfiere. Vibra de manera diferente a como lo hacemos nosotros.

—Entonces, ¿es un hombre?

—No, lo dije de esa manera para que te sea más fácil de entender. Sin embargo, no sabemos si es una mujer o un hombre, y nunca nos importó. Es alguien que solo dice y hace cosas cuando es necesario.

—¿Es parte de tu especie?

—No estoy seguro.

—¿No dijiste que mató a todos los que quebrantaron la ley?

—Bueno, no nos pueden matar, así que supongo que simplemente los llevó a alguna parte.

Naran se tocó la frente sintiendo frustración.

—Nada de esto tiene sentido para mí. Si no sabes lo que es, nunca lo han visto, pero de alguna manera solo habla para establecer reglas y llevarse a los que rompan esas reglas. ¿Por qué están todavía aquí Kinich Ahau y tú?

—Yo también me he hecho esa pregunta.

—Entonces, ¿Quién te pidió que pelearás? —dijo Naran después de un suspiro.

—Los poderosos. Dijeron que era necesario hacer algo porque esas fuerzas oscuras nos destruirían a nosotros después. Aunque fue una simple formalidad porque no nos necesitaban.

—¿Esto significa que Kinich Ahau te hizo participar en esa guerra y en recompensa te dio la misma cantidad de poder que él tiene?

—Si.

—¿Por qué?

—Dijo que, más tarde, necesitaría mi ayuda, por lo que sería mejor que tuviera la misma cantidad de poder que él.

La mayoría de las preguntas que Naran tenía sobre Quetzal y Kinich Ahau habían sido respondidas. En cambio, la curiosidad por este extraño ser creció.

—¿Dónde estaba el Ometéotl cuando sucedió esto?

—No lo sé, nunca lo había pensado.

—Pensé que el propósito de tu especie era aprender de todo.

—Aprender sobre cosas que no tienen nada que ver con nosotros.

Naran quedó boquiabierto por un segundo, luego se recompuso.

—Empiezo a dudar de que seas una evolución de mi especie —dijo y continuó caminando—. Espera, entonces, si un dios posee a un humano y el humano muere, ¿el dios queda atrapado dentro?

—No a menos que tengas una reliquia especial.

—Y asumo que Kinich Ahau la tiene.

Quetzal negó con la cabeza.

—Esa reliquia divina fue destruida junto con las demás cuando se rompieron las reglas. La única reliquia que tiene Kinich Ahau es Lihtnao —dijo las últimas palabras lentamente y en voz más baja, casi como si recordará algo.

—No parece que estés muy seguro de esto.

—No, no, sí estoy seguro.

«Parece que me está ocultando algo» pero, incluso con ese pensamiento, Naran decidió dejarlo ir. Él sabe de primera mano lo que se siente al recordar recuerdos dolorosos, y había estado llevando a Quetzal al límite.

—¿Crees que puedas poseer algo más? —dijo Naran tratando de cambiar su estado de ánimo.

—¿A qué te refieres?

—Cuando te conocí, parecías una serpiente, así que pensé que tal vez podrías poseer una serpiente real y ver qué pasa.

Quetzal rio entre dientes.

—Antes de que Kinich Ahau me diera poder, me consideraban un dios de bajo rango. Cuando vine a la tierra por primera vez, tu reino trató de darme una forma aceptable. Probablemente por eso los tuyos me llaman Quetzalcóatl.

—De todas maneras, podemos intentarlo.

—Naran sé que es difícil, pero tienes que aceptarlo. Voy a morir.

Fue la primera vez que usaron la palabra "morir", haciendo que Naran se sintiera horrible.

—Pensé que los dioses no podían morir —dijo intentando alivianar la conversación.

—Siempre hay una primera vez para todo.

—De ser así ¿qué tal si pudieras reencarnar como los humanos?

—¿Reencarnar en qué? ¿una serpiente? —dijo Quetzal en medio de risas.

—Tal vez o quizás en humano o en otra cosa totalmente distinta. Eso puede ser una posibilidad.

Quetzal volvió a suspirar.

—Naran no tengo miedo de morir. Si acaso tengo miedo de dejarte solo —dijo mirando a Naran con una cálida sonrisa.

—Ay ya vas empezar a hacer las cosas incómodas otra vez.

Los dos se rieron olvidando su miserable estado.

—Desearía que las cosas hubieran sido diferentes entre nosotros —dijo Quetzal con nostalgia.

—Define diferente.

—Un lugar donde pudiéramos estar juntos sin causar daños.

Aunque Naran no siente el mismo amor y afecto por Quetzal

que él por Naran, podía identificarse.

—Si la volvieras a ver, tal y como la recuerdas, ¿qué le dirías?

Los ojos de Quetzal parecen brillar, casi como si estuviera a punto de llorar.

—Que, si pudiera retroceder en el tiempo, habría estado con ella hasta su muerte y reencarnación, sin importarme si cada vez es diferente porque seguirá siendo ella. —Hace una pausa por un momento y se vuelve para verlo—. A mis ojos, eres el ser más hermoso que podría haber existido.

Capítulo 22

Lentamente, el sol se esconde detrás de las montañas, dejando que unos últimos rayos de luz toquen los pies de Naran, quien se detiene justo afuera de su altépetl. «Tal vez Tecuhtli todavía esté por aquí», pensó, dirigiéndose al chantli de su antiguo Jefe. Mil pensamientos deambulaban por su cabeza, nada concreto, ni un tema específico, lo que hacía difícil concentrarse en lo que dirá o preguntará al Tecuhtli.

Al llegar, todos sus pensamientos se desvanecieron. Ante él, solo había escombros del chantli que una vez estuvo allí. Naran perdió los estribos por un momento y rompió los restos del chantli que habían quedado de pie.

—Respira Naran —dijo Quetzal, pero lo ignoro.

Tratando de distraerse, decidió adentrarse en el bosque y recoger leña para una fogata.

Silenciosamente cortó los árboles con la espada que le dio Kinich Ahau, queriendo destruirla, pero sus esfuerzas fueron en vano, la espada seguía filosa y sin daños. Recogió los pequeños trozos de madera y comenzó a apilarlos a un lado. Quetzal lo observaba a una prudente distancia.

—¿Quien escribió esas palabras en el árbol? —decidió preguntarle, aunque era algo que Naran tampoco sabía. De cualquier manera, ya había decidido mantener en secreto a Xoaltentli.

—Este lugar se quemó hace unos días. No parece un evento reciente —dijo Naran tratando de cambiar el tema. —¿Crees que Kinich Ahau hizo esto?

—No, no es algo de su interés.

Naran recordó que había un pequeño grupo derribando el resto del altépetl. «Quizás Kinich Ahau los envió. ¿Significa que sabe sobre Xoaltentli?»

—Naran, ¿Quien escribió esas palabras en el árbol?

—No lo sé Quetzal. Si supiera qué o quién es, me sentiría más seguro de este viaje.

Volvieron al silencio después de eso. Naran se sentó frente a la fogata. El calor llegó lentamente a sus manos. Las comenzó a mirar a detalle, tocando las cicatrices y los callos. «Una vez fui humano».

—Aun lo eres, Naran.

—¿Podrías mantenerte alejado de mis pensamientos?

Quetzal se ríe mientras sus ojos brillan más de lo habitual, probablemente el reflejo del fuego.

—Lo importante es que entiendas que tu humanidad permanecerá hasta que decidas olvidarla. Cuando la olvides, probablemente terminarás como Kinich Ahau y yo.

—Lo que es peor porque ustedes no son humanos —dijo Naran con una sonrisa, haciendo que Quetzal lo fulmine con la mirada.

—Puede que no seamos humanos, pero reconocemos lo que

significa cuidar de los demás... o al menos solíamos hacerlo.

Se convirtió en un hábito para Naran llevar a Quetzal al límite. Aunque, la discusión solo le hizo recordar su situación.

—Ya no importa. Lo que Kinich Ahau ha estado haciendo me hace creer que su plan ya está hecho y que solo está esperando a que nos pongamos al día.

—Probablemente.

Naran se recostó, mirando el cielo nocturno lleno de xitlalli. Una vez más, su cabeza se llenó de información que no podía captar por completo.

El calor de los rayos de sol que se posaron en el rostro de Naran lo despertaron. Ahora, sorprendentemente, estaba sintiendo cosas, incluyendo el hambre. Se levantó, buscó la herramienta adecuada y se dirigió a un río cercano para pescar.

Sentirse lleno de nuevo lo hizo sonreír. «Quizás no soy una causa perdida», pensó mientras limpiaba, tratando de evitar dejar pruebas que pudieran hacer saber a la gente que alguien había estado allí.

—¿Hacia dónde ahora? —dijo Quetzal mientras lo miraba.

—Teotihuacan.

Quetzal se vuelve hacia Naran, sus ojos mostrando preocupación.

—No creo que sea una buena idea que veas ese lugar.

—Buena o no, ese es el siguiente lugar donde mi corazón hizo cosas con los ojos vendados. —Y eso fue suficiente para que Quetzal apoye las elecciones de Naran sin quejarse.

Con los ojos fijos en la carretera, mientras caminaban en

silencio por la ruta exacta que tomó con Kinich Ahau la primera vez, comenzaron a invadirle pensamientos oscuros. El sonido de los gritos y el olor a piel quemada lo consumieron, haciéndolo detenerse y cerrar los ojos.

—Naran, paremos por hoy —dijo Quetzal preocupado de que pudiera desmayarse.

—No, todavía nos queda un largo camino por recorrer.

—Si continuas así-

—Quetzal debemos avanzar —dijo Naran desestimando sus intentos de protegerlo.

Respirando profundo y reuniendo todas sus fuerzas, siguió caminando. Cuando llegaron a la entrada, el corazón de Naran latía más rápido de lo habitual. Ver el silencioso altépetl envuelto por la noche creó un recuerdo tan doloroso que su vista se volvió borrosa.

—Quetzal descansemos aquí —dijo Naran cayendo al suelo.

Quetzal apoyó su mano sombría en el hombro de Naran.

—Todo va a estar bien.

Fue lo último que escuchó Naran antes de que la oscuridad lo rodeará.

Al abrir los ojos, se encontró de pie en la cima del teôcalli principal en el altépetl de Teotihuacán.

—Hermoso ¿no crees?

Una vez más, Xoaltentli estaba de pie junto a él con una amplia sonrisa.

—Personas fueron sacrificadas aquí —dijo Naran sentándose en el borde.

—No dejes que ese evento ensombrezca la belleza de este

lugar. Se necesitó mucho esfuerzo para construirlo.

—Es difícil —dijo sentado allí mirando a toda la tierra que rodeaba al teôcalli.

—¿Qué es difícil?

—Ver más allá del daño.

Xoaltentli se sentó a lado de Naran.

—Eso es porque solo te estás enfocando en la herida, no en lo que creó.

Naran se volvió hacia Xoaltentli. No necesito hablar para que este explicará más.

—Cada dificultad es necesaria. ¿Cuántos tlalolin crees que se necesitaron para que el Popocatépetl sea lo que es ahora? Incluso el chiauitl necesita morir para convertirse en papalotl.

Aunque tenía sentido lo que decía Xoaltentli, para Naran sonaba como una excusa.

—Matar humanos es malo e innecesario.

—Pero la única forma de descubrir que era "malo e innecesario" fue haciéndolo. De lo contrario, nunca se cuestionaría a sí mismo con tales pensamientos.

—¿Estás diciendo que matar está bien? —dijo Naran con una débil sonrisa.

—No, estoy diciendo que, al actuar, aprendes lo que está bien y lo que está mal. Aunque bien es cierto que hay cosas que no es necesario que hagas para darte cuenta y comprender que esa no es la forma correcta, por ejemplo, los sacrificios.

Sintiendo que en realidad estaba hablando con Ometéotl lo convirtió en una oportunidad única para saber la verdad que su corazón ha estado buscando.

—Entonces, ¿por qué no haces algo al respecto? ¿Por qué dejas que sucedan cosas malas?

Xoaltentli le sonrió cálidamente como siempre.

—Todos son libres de hacer lo que quieran y cada acción que tomen tiene consecuencias. ¿Cómo puedo deshacer un mal creado por el libre albedrío humano? ¿No crees que los únicos que pueden cambiar algo son las mismas personas que lo hicieron?

Naran suspiró teniendo la sensación que siempre ha tenido con Xoaltentli; la sensación de aprender algo más significativo que él.

—Pero no hay nada que pueda hacer para solucionar este problema. He matado a tanta gente. Todo este altépetl pereció por mi mano, y… los niños.

—No se supone que deba arreglar algo.

—¿Entonces?

—Naran, toda esa gente se ha ido. Todos se fueron sin saber por qué había llegado su hora. No les importa quién los mató, más bien, les importa lo que no pudieron decirles a sus seres queridos. —mientras continuaba lo miro a los ojos—. Usted es el único que se condena a sí mismo. Antes de que asuma, no estoy diciendo que lo que hizo estuvo bien o que no fue su culpa. Lo que intento decir es que lo hecho, hecho está, y nada puede cambiar eso. Perdónese y pida perdón. Limpie la tierra, hágala fértil nuevamente para que crezcan flores nuevas.

—¿Y eso me ayudará a derrotar a Kinich Ahau?

—¿Cree que derrotarlo cambiará algo?

La pregunta lo tomó por sorpresa. Nunca pensó en lo que sucedería una vez que Kinich Ahau se fuera.

—¿Por qué querías que viniera aquí? —dijo Naran evitando responder la pregunta de Xoaltentli.

—Es muy simple. Si quiere seguir adelante, debe curar su herida y la única forma de hacerlo es enfrentándose a sí mismo.

Enfréntate a tus miedos Naran. —Xoaltentli se puso de pie y se quedó al borde del teôcalli indicando que su conversación había terminado y Naran se iba a despertar pronto—. Solo recuerda que alguien siempre permanecerá vivo.

Con eso, desapareció, sin permitir que Naran preguntará qué quiso decir con eso.

Al despertarse temprano por la mañana decide dirigirse al teôcalli con la esperanza de encontrar otra pista. Al estar frente a las escaleras, los recuerdos de esa horrible noche lo hicieron inclinarse de agonía.

—Naran si sigues así terminarás-

—¿Qué tal si me animas en lugar de querer que me rinda?

Quetzal trató de ayudarlo a ponerse de pie, pero fue inútil. Ya no era sólido. Naran notó esto alarmado, luego respiró hondo y se puso de pie solo.

—Lleguemos a la cima, luego averiguaremos qué hacer.

Lentamente, continuaron. Cada paso le traía recuerdos dolorosos haciendo que, cada vez, sea más difícil avanzar. En cada respiro, se decía a sí mismo: «No hay algo que pueda hacer, así que por favor perdóname». Cuando llegaron a la cima, Naran notó que estaba sudando a pesar de que el sol comenzaba a sentirse menos intenso. Quetzal se le acercó y se paró frente a él.

—Naran, no creo que me quede mucho tiempo.

—Tiene que haber algo que podamos-

—Naran, tal vez yo no debía continuar.

—¿Qué estás diciendo?

—Se supone que debía morir hace mucho tiempo, y gracias a Kinich Ahau, seguí respirando. Probablemente fue para verte de nuevo y poder hacer las paces contigo.

—Quetzal por favor. Solo aguanta un poco más —dijo Naran

rogándole que se quedará, rogándole que pelee.

—Escúchame, anoche mientras dormías, encontré un pasaje, un escondite debajo del teôcalli. Noté que tiene una fuerza especial, casi como el portal que usamos para llegar a tu reino. Ten cuidado y no hagas nada precipitado. Recuerda siempre respirar-

—¡Para! ¡Por favor para! No puedo-

—¡Escúchame! Este nunca fue mi viaje. —La figura en sombras se estaba convirtiendo en una neblina densa—. Aunque no esté contigo cuando derrotes a Kinich Ahau, estoy seguro de que harás un gran trabajo. Creo en ti. —La mano de Quetzal alcanzó la mejilla de Naran— Nunca olvides quién eres y nunca olvides cuanto te amo.

Con los ojos llenos de lágrimas y con el corazón gimiendo, Naran suplica en silencio, intentando comprender lo que estaba sucediendo. Pero, el sol mantuvo su curso, y al hacerlo, también lo hizo Quetzal. Antes de que se fuera por completo, la figura en sombras puso sus brazos alrededor de Naran, abrazándolo por primera y última vez. *«No sé a quién ves en tus sueños, pero no asumas que es alguien que se preocupa por ti»*, dijo justo antes de desaparecer.

Después de un tiempo, llego la luna, y al encontrar a Naran de rodillas, decidió envolverlo con su luz, pero no hubo reacción alguna, sus sentidos estaban entumecidos, así como todo su cuerpo. Quetzalcóatl fue la segunda persona que le mostró amor; que le recordó qué hacer y qué no hacer; que se preocupaba por su bienestar. Ahora él también se ha ido. Haciéndolo sentir lo mismo que sintió cuando su madre se quitó la vida para protegerlo. «Nunca te pedí que murieras por mí. Nunca quise su amor sacrificado». Sintiendo que su ira alcanzaba nuevos horizontes e incapaz de contenerla más, gritó. Una luz envolvió su cuerpo y un fuego azul ardiente brotó de él hacia el cielo. Sin poder aguantar más, se cayó y se golpeó contra el suelo duro. «Por favor mátame y termina conmigo» pensó mientras se hundía en el abismo.

Capítulo 23

Pasaron los días y las noches. La lluvia iba y venía, enfriando el suelo. La vida continuaba, pero para Naran, el tiempo se había detenido. La fuerza abandonó su cuerpo, por lo que permaneció en el suelo impasible. Su mente se sentía vacía y tranquila. Nunca noto el espacio que Quetzal tomaba en su mente hasta que se fue. El silencio era todo lo que tenía y un huitzilin persistente que seguía revoloteando a su alrededor.

—¿Señor? —La voz de Xoaltentli hizo que Naran pensará que en algún momento se quedó dormido. Aparte de pensar eso, lo ignoro y permaneció en el suelo.

—Nada lo traerá de vuelta —Xoaltentli se inclinó y apartó un mechón de cabello de la cara de Naran—, tiene que aprender a vivir de nuevo.

Naran miró a Xoaltentli. No podía entender cómo la tierra seguía funcionando como si nada.

—Parece que olvido lo que le dije sobre la muerte. —Naran se encoge de hombros, incapaz de recordar—. Él sigue allá afuera.

—¿Cómo? —dijo Naran con voz oxidada.

—En una dimensión diferente, una a la que no puede acceder, no todavía. —respondió Xoaltentli con una sonrisa de orgullo por haber picado la curiosidad de Naran, quien se levantó hasta quedar sentado, sorprendido de poder sentir sus músculos adoloridos.

—¿Había una manera de salvarlo? —dijo con una esperanza que, a estas alturas, era inservible.

—¿Qué le hace pensar que él necesitaba ser salvado?

—Sabes a lo que me refiero. —La insinuación de exasperación en el comentario de Naran hizo que Xoaltentli sonriera más abiertamente.

—¿Qué diferencia habrá en saberlo si no cambiará nada de lo que paso? —se sentó por un lado de Naran.

—Porque yo-

—¿Por qué tendrás una excusa para sentirte arrepentido y culparte hasta el punto de convertirte en víctima de esta situación? —Naran guardó silencio, sabiendo en el fondo que lo que decía Xoaltentli era precisamente lo que acabaría pasando—. Los humanos tienden a olvidar que todo sucede como se supone que debe suceder. Cada paso que das tiene una consecuencia, y cuando esa consecuencia no está a tu favor, te arrepientes y te enganchas en el "qué pasaría si". Ahí es cuando te conviertes en víctima de tu propia culpa, culpa inexistente, si se me permite agregar.

Cada palabra que este chico le ha dicho, desde el primer día era un misterio para él.

—Xoaltentli, no tengo la capacidad cerebral adecuada para entender la mitad de lo que dices.

Se rio entre dientes.

—Muy bien, déjame decirlo de otra manera, todo lo que sucede es perfecto, y no se podía haber hecho de otra manera. Esa era la única forma, y esa forma es perfecta. ¿Tiene esto más sentido para ti?

—No, pero gracias por intentarlo —dijo Naran, recordando las últimas palabras de Quetzal.

—Bueno —dijo Xoaltentli, entre risas. Fue la primera vez que Naran lo escuchó reír, y fue tan limpia y pura, muy diferente de Kinich Ahau.

—¿Por qué estás tan de buen humor?

—Siempre estoy de buen humor. Tal vez no se ha dado cuenta porque cada vez que nos encontramos, tiene demasiados pensamientos revoloteando.

Estar de acuerdo con él, no le quito el volver a sentir el dolor de una pérdida. Aunque estaba agradecido de que la muerte hiciera que sus pensamientos se fueran por un momento.

—No pude despedirme. Murió pensando que lo que me pasó en las vidas pasadas fue su culpa.

—¿Vidas pasadas?

—Sí, ya sabes, cuando mueres y regresas como una persona diferente.

—Sé lo que significa. —se rio entre dientes—. Lo que estaba tratando de decir era ¿sus vidas pasadas?

—Pues sí, mis vidas pasadas.

—Naran, esta es su primera vida.

—¿Qué?

Xoaltentli se aclaró la garganta antes de hablar.

—Esta vida, en este momento, esta es la primera, aunque es posible que el concepto de vidas no se use correctamente porque-

—Espera, no, eso no es posible. Kinich Ahau me mostró mis vidas pasadas. Me las mostró.

—Nadie puede "mostrarte" tus vidas pasadas. Ese es un viaje personal.

«Eso tiene sentido».

—¿Entonces? —dijo Naran.

—¿Entonces qué?

—¡Xoaltentli!

—Naran.

—¡Explica!

—¿Qué cosa?

Se levantó, pasándose las manos por su cabello, frustrado por el comportamiento de Xoaltentli. «¿Está actuando así a propósito?».

—Sabes a qué me refiero. —Xoaltentli lo miró con un signo de interrogación en los ojos—. ¿Qué me mostró Kinich Ahau entonces? —dijo Naran poniendo énfasis en cada palabra.

—Probablemente sus recuerdos.

—¿Cómo es esto posible?

Xoaltentli se encogió de hombros con una sonrisa en sus labios que hizo que Naran perdiera los estribos.

—¡¿Quién diablos eres?! —dijo, aunque no era lo que pretendía decir. Quizás había estado pensando eso por un tiempo, y de improviso, lo dijo en voz alta.

—Nadie, soy un simple testigo —dijo Xoaltentli con tanta tranquilidad que solo empeoró las cosas para Naran.

Sin embargo, su mente estaba ocupada procesando la nueva información. No tenía espacio para la ira.

—Si esta es mi primera vida y esos recuerdos que me mostró

Kinich Ahau no eran sobre mí, entonces quién-

Deteniéndose a mitad de la frase, las imágenes de los ojos aparecieron ante él, todas a la vez, creándole un dolor agudo en las sienes.

—¡Mi madre!

—¿Dónde?

—Eran los ojos de mi madre. Me estaba mostrando las vidas pasadas de mi madre —dijo Naran ignorando la falta de interés de Xoaltentli.

—Nadie puede mostrarte tu-

—Lo sé, lo sé... así que esto significa que estuvo allí con ella todas sus vidas. ¿Quetzal sabía de esto?

—¿Importa eso?

—Bueno, no, pero él murió pensando que yo era ella.

—No lo creo.

—¿Qué te hace decir eso?

—Todos pasan por la iluminación cuando su alma abandona su cuerpo, por lo que probablemente se dio cuenta de que no eras ella. Por cierto, ¿de quién estás hablando?

—De mi mama.

—Oh.

La felicidad repentina cubrió el cuerpo de Naran por un segundo, luego la furia se apoderó de él.

—¡Ese bastardo! ¡cómo pudo hacer esto!

—¿Quién? ¿yo?

—No, Kinich Ahau.

—Oh pues eso sí, no lo sé.

—Estás muy irritante hoy.

Xoaltentli se encoge de hombros de nuevo

—¿Cuándo me despertaré? —dijo Naran con un toque de urgencia.

—Está despierto.

—Entonces, ¿Ahora puedo hablar contigo en cualquier momento?

—No, está alucinando por la falta de sueño y comida. Hay un río cercano. Debería ir a tomar un poco de agua.

Bajo las escaleras caminando, pero al darse cuenta de que Xoaltentli camina detrás de él, decidió apresurar sus pasos hacia el río.

El calor de la fogata calentó las manos de Naran, quien se sentó en silencio mirando la luz de las llamas reflejada en los ojos de Xoaltentli.

—¿Por qué sigues aquí?

—¿Quiere que me vaya?

—No, es solo... raro que todavía pueda verte. Siento que estoy dormido.

—Quédese tranquilo, está despierto.

Luego permanecieron en silencio, dándole a Naran un momento para pensar en los próximos pasos a tomar. Hasta ahora, había estado tratando de salvar a Quetzal, y ya que eso terminó, no estaba seguro de cómo acercarse a Kinich Ahau.

—Esta podría ser la última vez que nos veamos —dijo Xoaltentli inesperadamente. Trayendo a Naran de vuelta al presente.

—¿Por qué? —pregunto inseguro de lo que quiso decir con eso.

Xoaltentli volvió a encogerse de hombros. A pesar de que es un personaje extraño, hoy actúa más raro de lo usual. Sintiendo curiosidad y con ganas de saber más se detuvo recordando que debido a la "curiosidad", había ocurrido este desastre.

Hacer planes no era el punto fuerte de Naran. Todos y cada uno de ellos hasta ahora habían fallado. La última esperanza residía en el pasaje secreto, aunque Naran no le tenía mucha fe. Xoaltentli se fue por la mañana, haciéndolo sentir que había desperdiciado la oportunidad de interrogarlo para obtener algún tipo de información. De cualquier manera, estaba agradecido por todas las cosas que le había enseñado, incluso si existía la posibilidad de que todo fuera una mentira o una trampa.

Lo que más le molestaba de su situación actual fue darse cuenta de lo solo que solía estar. Cuando murió su madre, se zambulló en el trabajo, luego apareció Kinich Ahau con Quetzal, y todas estas personas le hicieron sentir el calor de la compañía. Reprimiendo sus emociones, caminó hacia el pasaje oculto que Quetzal mencionó, el cual, estaba al costado del teôcalli principal. Era una simple y estrecha entrada. Le tomó más tiempo del esperado entrar al lugar. «¿Cómo es que Quetzal dio con este lugar?» pensó mientras resbalaba y caía por décima vez. El sitio parecía haber sufrido un colapso haciendo pensar a Naran que quizás había sido por su culpa. Tuvo que gatear algunas veces, principalmente por la ausencia de luz. No estaba seguro de dónde estaba y si era lo suficientemente seguro para caminar de pie.

Miles de diminutas luces parpadeantes esparcidas por todo el techo junto con una brisa fría y sin ninguna otra fuente de luz, hicieron que Naran creyera que, de alguna manera, había salido de la cueva y ahora estaba de pie bajo el cielo nocturno. «¿Dónde estoy?». Al estirar las manos, pudo sentir un trozo áspero y pequeño de algo duro, lo que significaba que las luces parpadeantes eran simples texcalli. «Pero ¿por qué brillan de esa manera?». Su pregunta quedó en segundo término al sentir una fuerza que lo jalaba desde el centro de la cueva. «Quetzal dijo que este lugar era un portal similar al que usan para viajar a través de reinos. ¿Podría ser este un portal a su dimensión?» Con ese pensamiento en mente, dio un paso adelante.

Todo comenzó a darle vueltas y empezó a sentir que sus pies se desprendían del suelo. La sensación de no tener terreno debajo de él, hizo que su corazón latiera rápidamente. El frío invadió su piel, haciéndolo gritar de dolor al sentir que sus huesos y cerebro eran jalados en todas las direcciones y, al mismo tiempo, eran comprimidos. Después de lo que pareció una eternidad, cayó en agua en lugar de suelo. Jadeando por aire, tratando desesperadamente de encontrar la salida, nado sin saber dónde estaba. «Necesito calmarme, ¡solo cálmate Naran!». Lentamente su mente se fue aclarando y notó el parpadeo falso de xitlalli que le dio un sentido de orientación.

Se tumbo en el suelo tratando de calmar su respiración, absorbiendo su entorno y ajeno a cómo llegó allí, pero consciente de que ya no estaba en el altépetl de Teotihuacán.

—Sabía que eras tú.

La voz le provoco escalofríos. Cerro los ojos, suplicando estar equivocado. Incluso después de hacer una oración en silencio, todo resultó ineficaz al abrir los ojos y ver a Kinich Ahau de pie frente a él.

—Vamos a sacarte de aquí.

Kinich Ahau intentó ayudarlo, pero lo hizo a un lado y se levantó solo. Caminando hacia un arco, el único lugar que tenía luz y parecía ser una salida, se encontró en la base de un teôcalli con dos texcalli en forma de cabeza de serpiente.

—Puede que Quetzal haya sido su inspiración.

—¿También mataste a todos aquí? —dijo Naran volteando a ver a Kinich Ahau.

—Algunos huyeron, otros se quitaron la vida, pero eso es irrelevante.

«Ojalá tuviera la espada en este momento». Diminutas motas de luz comenzaron a formarse en su mano, haciendo que la espada apareciera de la nada. Naran sonrió, ya no se sobresalta cuando suceden cosas extraordinarias. Apuntó la hoja directamente a la garganta de Kinich Ahau.

—Tranquilo Naran.

—Quetzal murió por tu culpa. De hecho, mucha gente murió por tu culpa.

—Dirás por nuestra culpa.

—Si lo quieres ver así está bien, murieron por culpa nuestra. —Naran presionó la espada contra su piel, haciendo que Kinich Ahau retrocediera—. Mi vida se arruinó por tu culpa. —con una sonrisa de victoria, continuó—. Encontré algo que puede lastimarte. —Blandió la espada y apuntando a la cabeza.

—¿Entonces vas a matarme como mataste a tu madre?

—¡No te atrevas a mencionarla!

—Solo estoy diciendo la verdad.

Naran mantuvo la espada cerca del rostro del dios.

—Las vidas pasadas que me mostraste, no eran sobre mí. Esas fueron las vidas pasadas de mi madre.

El comentario hizo que Kinich Ahau sonriera.

—Bien hecho. ¿Cómo lo averiguaste?

—Hay una cosa que quiero saber antes de terminar con tu vida. —Bajó la espada— ¿Por qué yo? —dijo ignorando la pregunta de Kinich Ahau y esperando la respuesta a la suya.

—Porque eres mi hijo.

Naran se rio.

—¿Por qué no puedes ser honesto por una vez? —Kinich Ahau desapareció y apareció detrás de Naran, agarrando la empuñadura de la espada, empujando a Naran a un lado.

—¡No soy tu hijo, estás mintiendo!

La espada empezó a temblar. Pequeños orbes de luz comenzaron a emerger de la punta de la hoja. Eran tantos que pronto se vieron rodeados por ellos.

—¿Qué son esas cosas?

—Almas. —las almas comenzaron a moverse y reunirse en la palma de Kinich Ahau—¿Acaso no son hermosas?

—¿De quiénes son esas almas?

—Tú las recolectaste para mí.

—¿Me estás diciendo que esas son las almas de todas las personas que he matado?

—Si. Como sabes, no podemos manejar el iztli. Lo intenté innumerables veces, pero nunca funcionó.

Ignorando por un momento todo lo que estaba sucediendo y enfocándose en partes de información que había obtenido, Naran decidió preguntar sobre lo que a él le concernía.

—¿Cómo puede ser posible que tú seas mi padre?

—Tu madre y yo una noche empezamos a-

—Quiero decir, ¿cómo es posible que alguien de tu especie produzca descendencia con un humano?

—No somos tan diferentes de los humanos.

—¿Por qué mi madre? —dijo con lágrimas en los ojos.

—Porque Quetzal la amaba.

—¿Destruiste su vida solo por eso?

—Yo no destruí su vida. Si mal no me equivoco, tú fuiste el que la mató.

Naran se lanzó contra Kinich Ahau con tal rabia que no deseaba nada más que su muerte. Con sus manos alrededor del cuello del dios, Naran estaba listo para acabar con él.

—¿Entonces planeas terminar con la vida de tu padre como hiciste con tu madre? —Ese simple comentario hizo que Naran perdiera el control lo suficiente como para que Kinich Ahau escapará—. También necesitaba que alguien contuviera a Quetzal —le susurro al oído.

—¿Qué? —dijo Naran alejándose de su presencia.

—Es o fue un ser poderoso, cada vez que lo ponía dentro de una persona, su cuerpo explotaba. Después de muchas veces, pensé que uno de los nuestros podría sobrevivir, pero también murió. Entonces tu madre tuvo la brillante idea de orar por un bebé. Ahí fue cuando cambié de ruta—sonaba tan alegre y poco afectado por la situación que hizo que Naran sintiera que todo esto era falso.

—¿Por qué ocupabas a Quetzal adentro de alguien?

—Para que se consumiera. Si lo dejaba libre, me habría detenido, y no podía tener ese riesgo. —la cabeza de Naran giraba en círculos sintiéndose mareado—. Ten cuidado, Naran —dijo el dios acercándose a Naran, tratando de sostenerlo—. ¿por qué no nos sentamos?

Apartó al dios, pero estaba demasiado débil. La oscuridad comenzó a rodearlo.

Capítulo 24

Naran se encontraba sentado en la cima de un teôcalli desconocido con el sol brillante frente a él, esto le hizo pensar que todo había sido un sueño. «Pero ¿cómo puede ser un sueño si se siente tan real? Cada aspecto de ese lugar era tan detallado y desconocido que es imposible que yo lo haya imaginado», pensó sintiéndose inquieto.

—Es hermoso verdad. —La voz de Xoaltentli lo sobresalto, haciendo que se ponga de pie rápidamente, pensando que era Kinich Ahau.

—¿Qué haces aquí?

Simplemente se encoge de hombros y camina hacia Naran con una mirada compasiva.

—Entonces, ¿Qué es lo que le molesta esta vez?

La forma en que Xoaltentli hablaba tan casual como lo hacía en sueños hizo que Naran se preguntará si lo que sucedió con Kinich Ahau fue real. De ser así, entonces tenía que reunir la mayor cantidad de información posible antes de volver a enfrentar al dios.

—Estoy seguro de que eres consciente de lo que contiene esa espada. —Xoaltentli se sentó en el borde del teôcalli, con los pies colgando, luego se volvió hacia Naran invitándolo a sentarse a su lado—. Cuéntame ¿Qué fue lo que viste?

Tomando una respiración profunda ignorando la sensación de que algo estaba mal, dijo:

—Kinich Ahau me dijo que era mi padre y que todas las almas de esas personas que maté quedaron atrapadas en la espada, y dijo que me necesitaba para deshacerse de Quetzal y que eligió a mi madre solo porque Quetzal la amaba y-

—Respira Naran.

Lo hizo, y las lágrimas comenzaron a flotar.

—Todo sucedió tan rápido.

Puso su mano en la espalda de Naran, un gesto que nunca le había molestado hasta ahora.

—Así es como suele verse, un presagio de un evento futuro —dijo con rostro sereno.

—¿Qué es un presagio? —«Quetzal me advirtió que no confiará en él, entonces, ¿por qué sigo haciendo lo que dice? Peor aún, ¿por qué sigo creyendo en sus palabras?» pensó sintiendo que el peligro lo acechaba.

—Algo que aún no ha sucedido pero que eventualmente, sucederá.

—Entonces es verdad, es mi padre y, y —Naran comenzó a hiperventilar, llenando su cabeza con todo tipo de pensamientos que lo llevaban a querer morir.

—Deje que el dolor lo absorba, no luche. Pronto terminará.

Para el cuerpo de Naran, lo que dijo Xoaltentli se sintió como una orden que no podía rechazar. Respiró hondo como si con su respirar absorbiera todo el dolor.

Sentía los ojos en llamas, y no estaba equivocado, ya que, una luz repentina se le escapó de ellos. Un anillo de fuego reemplazó su iris y su cuerpo levitó durante unos segundos, aunque para Naran, se sintió como una eternidad. Porque mientras estaba en el aire, todo parecía extraño y surrealista. Por un momento, vio a Quetzalcóatl no como una sombra sino como un hombre. Un hombre de facciones delicadas, ojos amables y cabello sorprendentemente corto, con un cuerpo fuerte, nada que ver con la sombra debilucha que conoció. Era sorprendente cómo un dios puede reducirse a una cosa tan frágil que no tiene nada más que un par de ojos. *«Naran»* dijo el dios con una voz que pensó que nunca volvería a escuchar. *«No alteres la realidad como lo hiciste con la muerte de tu madre. Enfréntalo»*. Luego, todas las decisiones que había tomado, desde el momento en que respiró por primera vez, se precipitaron sobre él y lo despertaron.

Los sonidos de miles de pájaros junto con otros ruidos, que no podía identificar qué animal los estaba haciendo, lo hicieron sentarse rápidamente, sintiendo el texcalli y la tierra como si fuera la primera vez que sentía estas cosas.

—Hermoso, ¿No le parece? —La voz de Xoaltentli bailó en los oídos de Naran con tal intensidad que pudo saborear las palabras por un momento.

—¿Qué sucedió?

—Su inconsciente y consciente se alinearon.

Cuando sus ojos se enfocaron, notó el rostro brillante de Xoaltentli que, por alguna razón, le recordaba a los dioses que había encontrado.

—Tú no eres el Ometéotl, ¿o sí? —pregunto.

Xoaltentli sonrió con picardía sin responder. Y con ese simple gesto, todo se desmoronó.

Naran seguía recordando el llamado "presagio" y todo lo que Xoaltentli le había dicho desde el primer día. Algunas cosas tenían perfecto sentido, pero algo parecía fuera de lugar. Faltaba una pieza. Tuvo que mantener su postura, evitando levantar sospechas, por lo que se sentó en silencio, mirando la puesta de sol más lenta que jamás había visto en toda su vida. Incluso las nubes parecen pausadas. La brisa acariciaba su rostro, creando una sensación cálida como un abrazo y este simple acto le recordó que no está solo.

Dado que ahora está alineado, el paisaje que tiene ante él, era extraordinario. Sentía momentáneamente que estaba ante la presencia de otro reino, aunque esto solo empeoró las cosas. «Este tiene que ser el sueño», pero se sentía natural. «Uno tiene que ser falso». La presencia de Xoaltentli disipa el pensamiento de que estaba muerto. Luego, al sentir la piedra fría debajo de él, le hizo darse cuenta de que no era un teôcalli desconocido sino el de Teotihuacan. «Entonces este no es otro mundo».

—¿Por qué necesita las almas? —dijo Naran tratando de ganar tiempo e información mientras averigua qué está pasando exactamente.

—Se convierten en energía, y quien las absorbe gana poder —responde Xoaltentli con calma.

«Aparentemente, ser codicioso es un estado normal para todos los dioses, incluido Quetzal».

—¿No es Kinich Ahau el ser más poderoso aquí?

—En esta dimensión, pero no en las otras. —la forma en que respondió tan casual, mirándolo de vez en cuando, hizo que Naran se pusiera en alerta. «Parece que está desconfiando de que estoy creyendo en sus buenas intenciones».

—¿Qué les pasa a esas almas una vez que son consumidas?

Se giró para enfrentar a Naran.

—No pueden reencarnar, ni seguir adelante —dijo Xoaltentli con total seriedad.

—¿Acaso no es la misma cosa?

La sonrisa habitual apareció en los labios de Xoaltentli y esto hizo que Naran se sintiera seguro.

—Los seres humanos necesitan encontrar el propósito de su existencia a través de lecciones y dificultades. El problema es que generalmente huyen del dolor en lugar de aceptarlo y aprender de él. —Se detiene a reír, casi como si recordará algo a la mitad de la frase—. Hay algunos que se aferran a ese dolor porque lo confunden con felicidad o, a veces, ese dolor les da consuelo, así que pensar en dejarlo ir... bueno, digamos que no se atreven a hacerlo. Por eso siguen volviendo. Cada vida es mejor que la anterior hasta que llegan a su verdad.

—Eso es horrible —dijo Naran con cara de mortificación, «es un círculo interminable de tortura».

Xoaltentli se burló del rostro de Naran que muestra la lucha que estaba teniendo por asimilar tal concepto.

—Luego están los humanos como usted que en su primera vida lo logran.

—¿Logran qué?

Se paró mientras decía:

—Dejó de correr y dejó que el dolor lo consumiera.

—Eso es porque tú me ayudaste —dijo Naran tratando de estar en el lado bueno de Xoaltentli.

—Cierto, pero dependía de usted seguir peleando o rendirse. —«Eso fue porque tú no me diste otra opción», pensó mientras se ponía de pie—. Hay todo un universo que los humanos ignoran.

Al estar por un lado de él cada fibra de Naran se puso en

alerta. Había ignorado la sensación de que algo andaba mal porque Xoaltentli le proveía de atención. Una vez más, sus carencias lo convirtieron en un blanco fácil. Teniendo que mejorar su actuación, preguntó con curiosidad:

—¿El universo es el miaccîtlalli?

—Algunas veces olvido con quien estoy hablando —dijo Xoaltentli con una risa espontánea—. Miaccîtlalli es lo que llama al cielo nocturno con todos esos xitlalli. El universo es más grande que eso y se le conoce como una fuerza invisible, como el aire. Puedes sentirlo y solo verlo cuando toca las hojas del árbol. Para dejarlo claro, en esta explicación, las hojas de los árboles representan tu raza y cualquier otra raza.

—Entonces ¿el universo puede decidir a quién ayudar y a quién no? —dijo Naran siguiendo el juego.

—Funciona diferente. —Se detuvo de nuevo con una expresión pensativa esto hizo que Naran se relajará, al notar que Xoaltentli estaba tratando de encontrar las palabras adecuadas—. Volvamos al aire. Este existe sin pensar en si le ayuda a respirar o no. Simplemente existe. Depende de usted el inhalar o no. Y si lo usa con prudencia, puede secar su ropa o avivar el fuego.

—Entonces, el universo hizo el presagio de que-

—No. El presagio le ayudó a ver que, si hubiera destruido a Kinich Ahau, todas esas almas atrapadas se habrían perdido. Esto habría ido en contra de sus deseos. Usted quiere ayudar a deshacer un error y no puede deshacerlo mediante malas intenciones. —suspiro y luego continuó—. El universo guio cada uno de sus pasos hacia este momento. Aun así, no creó el presagio.

Naran sabía exactamente qué era el universo porque cuando estaba en el estado de alineación, podía saborearlo con la punta

de la lengua. Este era el único tema que podía usar para verificar cuánto de lo que Xoaltentli dice es verdadero o falso. Afortunadamente, dio una información que dejó en claro una cosa, él es un dios, y el presagio fue obra suya. Aunque esto solo empeoró las cosas para Naran, ahora dudaba de todo lo que sucedió con Kinich Ahau.

—Sigo sin entender ni una palabra de lo que dices —dijo Naran ocultando sus conocimientos.

Xoaltentli suspiro derrotado, dándole una palmada en la espalda.

—No se preocupe por eso —dijo creyendo la pequeña actuación de Naran.

Para evitar que Xoaltentli dudará de la lealtad de Naran, siguió todas las órdenes y entrenó continuamente las habilidades que Quetzalcóatl le dejo. Las cuales resultaron útiles sólo para facilitar la muerte de alguien, el cual tiene que ser humano porque, según Xoaltentli, no hay forma de matar a un dios, ni apagar su luz a menos que esté preso. Por esta razón el plan de Xoaltentli es que antes de que Kinich Ahau reúna todas las almas, Naran lo atrape. Una forma de hacerlo es atrapándolo en un cuerpo humano como Quetzalcóatl. El segundo es ponerlo en la cima del Chichén Itzá que contiene una fuerza especial, lo suficientemente fuerte como para encerrar a un dios.

Cuando Naran preguntó por qué Chichén Itzá tenía esa fuerza especial, Xoaltentli respondió vagamente, adivinando que podría ser la cantidad de sacrificios y huentli realizados en él y el cenote subterráneo, donde Naran aterrizó en el presagio. Sin embargo, de ser esto cierto, muchos otros teôcalli serían iguales. Insatisfecho con la respuesta, Naran intentó otra ruta.

—¿Cómo es que Chichén Itzá tiene texcalli en forma de serpiente?

—Seguro que sabes que Quetzalcóatl apareció hace muchos siglos.

—Sí, pero no explica por qué el altépetl Maya creó un teôcalli completo para honrar a Quetzal.

Xoaltentli simplemente se encogió de hombros y continuó explicándole cómo hacer que los objetos aparecieran, como cuando convocó su espada en el presagio. Pero nada de eso le era de importancia, ahora lo único que quería, era saber las verdaderas intenciones que tenía Xoaltentli. «¿Por qué evita hablar de la interacción de Quetzal en el mundo humano? ¿Para qué me está entrenando sobre la capacidad de aplastar el corazón de un humano con un simple movimiento de la mano a fuerza de voluntad, si es inútil contra un dios?», estas preguntas hicieron que Naran se sintiera ansioso y en guardia, preocupado de que Xoaltentli le estuviera mostrando cómo lo va a matar.

Temprano por la mañana, caminaron hacia la entrada del pasaje secreto en el teôcalli de Teotihuacan. Una vez dentro de la cueva subterránea, sabiendo que solo él se iba, Naran decidió arriesgarse.

—La última vez dijiste que no nos volveríamos a ver.

—Lo dije porque pensé que no sobreviviría el presagio —dijo Xoaltentli con una amplia sonrisa.

Sintiendo el peligro cerca pero incapaz de resistirlo Naran dijo:

—¿Me enviaste ahí sin importarte si moría?

—Se deben hacer ciertos sacrificios para poder destruir a Kinich Ahau. —sus ojos mostraban un aura oscura.

—Supongo que tienes razón. Gracias por todo —dijo Naran apresuradamente, alarmado por la reacción de Xoaltentli.

Se fue sin mirar atrás, implorando que no decidiera seguirlo.

Capítulo 25

Esta vez, esperando el tirón en todas direcciones, Naran pudo soportarlo. Aguanto la respiración con anticipación justo a tiempo para aterrizar en el agua. Aclarando su mente y manteniendo la calma en todo momento, nado hacia la superficie.

La última vez que estuvo en este cenote, notó algunas semejanzas con la forma de Quetzal. Al tener la oportunidad de estar allí de nuevo, deambuló y encontró lo que parecía ser un chantli de diferentes tamaños y formas, lo que podría significar que personas solían vivir allí. Para Naran aquel lugar parecía que se trataba de un escondite; un refugio que los protegía de algo, o de alguien. También había un par de texcalli con forma de serpiente. Su posición hacía que pareciera que este lugar estaba destinado a ser un huentli para el dios Quetzalcóatl.

—Supuse que eras tú —dijo Kinich Ahau con voz carismática y esta vez Naran no se sorprendió.

—¿Quién era Quetzal? —dijo Naran mientras se agachaba para tocar una de las texcalli.

La risa de Kinich Ahau hizo eco por toda la cueva.

—Ha estado en la tierra muchas veces antes de que tu madre apareciera. —se paró por un lado de Naran y continuó—. Además, hice algunos experimentos una vez que se redujo a una sombra. —Tomó una pieza del texcalli y la redujo a cenizas.

—¿Experimentos? —preguntó Naran con curiosidad, parándose para estar al mismo nivel que Kinich Ahau.

—Necesitaba que un humano lo contuviera para que mi plan funcionará, pero muchos de ellos murieron en el proceso. El altépetl Maya fue el único que lo vio como lo que es. Construyeron este tzacualli en su honor. El templo de Kukulkán.

—¿Kukulkán? —dijo Naran ignorando por un momento su deseo de saber más sobre los experimentos que condujo Kinich Ahau.

—Ellos le dieron ese nombre —dijo mirando alrededor de la cueva con un particular desdén—. Cada altépetl tiene su manera de llamarnos —sonrió— es algo muy humano nombrar todo.

La nostalgia llenó el pecho de Naran, haciéndole sentir el dolor que solo los recuerdos pueden causar.

—Él no mencionó nada de esto. —Sus palabras sonaban normales, pero cualquiera podía ver que se sentía solo sin él.

—Ah, eso es porque elimine cada recuerdo. —Un vacío se mostraba en sus ojos—. Pobrecillo —dijo haciendo que Naran empuñe sus manos para controlar su enojo. Respiro lentamente, intentando calmarse antes de hacer algo de lo que luego pueda arrepentirse.

Se quedaron allí un momento, en total silencio, con alguna que otra gota de agua que golpeaba un texcalli lejano. Naran podía sentir una sensación de hormigueo que provenía de Kinich Ahau.

—Asumo que ya sabes quién eres y quién soy yo.

Naran asintió y comenzó a caminar hacia la salida. Una vez afuera, observó Chichén Itzá y todos los escalones que tenía que subir.

—¿Se ha ido completamente? —preguntó Kinich Ahau con una pizca de remordimiento, haciendo que Naran se preguntará por un momento si este dios realmente se estaba arrepintiendo de sus acciones.

—¿Quién? ¿Quetzal? Si, desapareció hace días.

—¿Le dijiste, —paro un momento como si estuviera dudando en continuar— que esa mujer que amaba era tu madre y no tu? —Terminó la pregunta mirando al suelo.

Naran negó con un leve movimiento de cabeza y comenzó a subir los escalones.

La forma en que Kinich Ahau está actuando hizo todo confuso. Naran no podía dejar de preguntarse si había algo más que desconocía, alguna razón por la que Kinich Ahau pudiera sentirse culpable. Sin embargo, experiencias pasadas han demostrado que no se debe confiar en ningún dios. «Nada de esto importaría si tuviera una pequeña posibilidad de éxito. Si fallo, al menos moriré sabiendo que lo intenté todo».

Los pasos parecen interminables, y con el sol comenzando a ponerse, Naran pudo sentir los ojos de Kinich Ahau y la energía que emanaba de ellos. Extrañamente, podía sentirlo fluir a través de su cuerpo como si fuera parte de él.

—Parece que te sobreestimé —Kinich Ahau cambió de posición, justo cuando Naran estaba a punto de llegar a la cima, colocándose frente a él—, pero tengo curiosidad sobre algo —con un movimiento rápido, lo agarró por el cuello—, ¿Quién te habló de nuestra relación de sangre?

—¿Importa saber eso? —dijo Naran con dificultad.

La mirada de Kinich Ahau penetró en la cabeza de Naran hasta el punto de que era imposible ocultarle algo. Rápidamente Naran lo empujó con una fuerza enorme haciéndolo volar y golpear la parte delantera del tzacualli, dando tiempo a Naran para recuperar el aliento. De pie frente a la entrada donde necesitaba poner a Kinich Ahau, lo agarró, le puso las manos en la espalda y lo obligó a entrar.

—¿Acaso no has aprendido la lección? —el dios sonrió y, de repente, las manos de Naran no le respondieron—. El hecho de que alguien te trate con amabilidad no significa que sus intenciones sean buenas. —Kinich Ahau se liberó.

—¿De qué está hablando? —preguntó Naran, sabiendo muy bien a lo que él se estaba refiriendo.

—Me sorprende que Xoaltentli pudiera esconderse cuando aniquilé a todos los demás. —Sus hombros se relajaron mientras continuaba—. Bueno es cierto que deje a algunos que necesitaba. —Por un momento su expresión se oscureció—. Pero definitivamente él no era uno de ellos.

—¿Tu fuiste el que los aniquilo? —Naran sintió que su mente colapsaba y su corazón se agitaba.

Kinich Ahau se le acercó.

—Que afortunado eres, ni siquiera Quetzal sabía de esto. —Tomó su cabeza—. Si llegaste tan lejos con la ayuda de Xoaltentli, significa que él también está tras la misma cosa. —Naran podía sentir un tirón familiar que significaba que Kinich Ahau se estaba metiendo en su mente y manipulando su cuerpo —. Dame la espada.

Ambos estaban tan ensimismados y concentrados en no morir que no notaron la presencia de otra persona hasta que fue demasiado tarde. Todo se detuvo. Naran sintió un tirón en su ombligo y luego perdió todas las sensaciones. Su cuerpo se elevó hacia un cielo oscuro con luces danzantes que lo rodearon.

—Naran. —La voz hizo que los ojos de Naran se abrieran de par en par y su corazón adolorido reconoció la voz—. Mi hermoso hijo. —las luces comenzaron a formar la silueta de una mujer que pensó que nunca volvería a ver.

Ella lo abrazó en un cálido encuentro, haciendo que él llorará como un niño.

—No sé qué hacer —dijo Naran entre sollozos.

—Los errores que cometimos te trajeron tantos problemas.

Ella lo apretó contra su pecho. Naran sintió que se relajaba y podía respirar de nuevo. No obstante, notó que faltaba un latido en el pecho de su madre. Las veces que había visto u oído a su madre eran solo recuerdos que yacen en su subconsciente. Ningún dios con el que se había encontrado, hasta ahora, tenía el poder de hacer tal cosa, excepto uno. «Xoaltentli», sacó la espada y mató a su supuesta madre, esperando que eso pusiera fin al truco.

Al encontrarse de nuevo en Chichén Itzá con la mente girando, incapaz de concentrarse, pudo escuchar a los dos dioses discutiendo.

—Desde cuándo te volviste tan poderoso —dijo Kinich Ahau sin aliento. «¿Lo habrá puesto en el mismo estado que a mí?», pensó mientras veía por primera vez gotas de sudor en la frente de Kinich Ahau.

—Se podría decir que yo también estuve ocupado.

Cuando la vista de Naran mejoró pudo ver que Xoaltentli tenía sangre goteando de su pecho, justo donde había lacerado a su madre falsa. Pero Xoaltentli parecía ignorar su herida. «Si no pueden resistirse al iztli. ¿Cómo es que no se está retorciendo de dolor?».

—Debí suponer que fuiste tú quien envió a Tezcatlipoca a la tribu Olmeca.

Esta información sólo confirmó lo que Naran temía: había sido utilizado por otro dios desde el principio, pero ahora saber eso no cambiaba las cosas. «Esto no deshará el pasado».

—Nunca hubiera pensado que seguirías intentando contener a Quetzalcóatl —dijo Xoaltentli respirando lento.

—¿Y cómo lo descubriste? —respondió Kinich Ahau mientras recuperaba su postura usual de superioridad.

—Conocí al chico y vi a Quetzal por el río. Claro que me veía un poco diferente —dijo mirándolo con una sonrisa. «¡La niña del río era él!» —. Gracias a Naran y su débil mente pude descubrir tu pequeño juego.

En ese entonces, cuando Quetzalcóatl interactuó con su madre, casi acabó con la humanidad. A partir de ese momento, ha sido una intrusión continua de estos llamados dioses. Ahora, una vez más, dos poderosos dioses de un mundo que superan la compresión de Naran luchan por almas que no deberían pertenecer a nadie. Pensar en esto le dio la fuerza que necesitaba para hacer lo que fuera necesario para enviarlos de regreso a donde pertenecen. Reuniendo toda su energía y coraje, Naran se lanzó con toda su fuerza, esperando tener razón sobre la mortalidad de Xoaltentli.

—Cuidado Naran, no podemos morir tan fácilmente —dijo Xoaltentli sorprendido por el ataque.

Reprimiendo el impulso de convocar su espada, sabiendo que el alma del dios podía terminar atrapada en ella, Naran agarró a Xoaltentli del cuello.

—Los dioses no, pero tú ya no eres un dios —dijo.

—¡Detente!

Ignorando a Kinich Ahau, Naran puso en uso su nueva habilidad. Con su mano libre aplastó el corazón de Xoaltentli sin esfuerzo. Una luz brillante cegó a Naran, y comenzó a sentir que sus extremidades se retorcían y se desgarraban. Luego sintió las manos de alguien arrastrándolo a algún lugar.

—Muchacho estúpido. —escuchó decir a Kinich Ahau antes de desmayarse.

Capítulo 26

Contra todo pronóstico, los dioses antiguos han existido en el mundo humano. Principalmente porque se volvieron codiciosos. No era suficiente ser poderoso en su mundo; querían más. Había cosas inconclusas que Naran no podía ignorar. No podía morir sin haber liberado a esas pobres almas. Con o sin pecados, no les corresponde a ellos juzgar quién merece la salvación y quién no. De ahí la necesidad de darles libertad a cualquier precio. ¿Pero cómo? Su cuerpo no respondía y no estaba seguro de si seguía con vida. Nunca se le ocurrió lo que sucedería si mataba a un dios cuya divinidad estaba debilitada, haciéndolo más humano.

—Intenta abrir tus ojos. —la voz sonaba familiar y distante.

El cerebro de Naran se sentía como un charco de lodo donde tal comando, incluso si era simple, se sentía imposible. Intentó varias veces hacer lo que le indicaron, hasta que por fin lo logro, encontrándose cona la mirada de preocupación de Kinich Ahau.

—¡¿Morir era tu intención?! ¡Muchacho necio! —dijo sonando preocupado por su bienestar.

«Solo está fingiendo», pensó mientras intentaba alejarse de

las manos de Kinich Ahau.

—¿Qué sucedió? —dijo mirando a su alrededor a lo que parecía ser un chantli.

—La única manera de que tu cuerpo no se disolviera fue arrastrándote dentro de este tzacualli.

Naran no podía creer que, Kinich Ahau se encerró solo para salvarlo.

—¡¿Qué estabas pensando?! —dijo, y de nuevo sonó como un padre preocupado por su hijo. Pero esto no compensaba todo lo que le hizo pasar.

—¿Por qué te importa?

Kinich Ahau suspiro.

—Eres mi hijo y a pesar de lo que puedas creer, mis intenciones jamás fueron lastimarte.

Naran intentó incorporarse y perdió el equilibrio. Para su desgracia, Kinich Ahau lo ayudó, y como aún no ha recuperado las fuerzas, lo permitió.

—Entonces ¿qué es exactamente lo que quieres de mí? —preguntó Naran una vez que se sentó.

—Las almas. Solo tú podías recolectarlas.

—¿Por qué?

—Tu mitad divina te convirtió en el único humano que podía sostener a Quetzalcóatl —Le tembló la voz al decir el nombre de su alguna vez hermano. Rápidamente se aclaró la garganta y continuó—, y como eres humano significa que puedes tocar el iztli.

«Básicamente nací maldito», pensó sintiendo que su vida había sido una gran mentira.

—¡Todo esto por el maldito poder! —Apretó las manos,

haciendo todo lo posible por evitar que las lágrimas salieran.

—El poder lo es todo para los de mi especie, y si consumo esas almas, podré derrocar al dios más fuerte.

—¿Luego qué?

—Luego-

—Luego irías y erradicarías otra raza o especie, o lo que sea. —lágrimas empezaron a caer—. Es el cuento de nunca acabar —dijo Naran con voz temblorosa, limpiando sus lágrimas.

No importaba si Kinich Ahau fue quien lo salvó. Mucha gente ha muerto por su culpa. Naran nunca lo perdonaría por eso. Tenía que saber cómo arreglar esto y ya no tenía sentido ser sutil.

—¿Cómo puedo liberar las almas?

No hubo respuesta.

—¡Dime ahora!

La fuerte voz de Naran hizo temblar todo el tzacualli.

—Nunca te lo diré —dijo Kinich Ahau evitando contacto visual.

—¿Por qué no?

—Naran ya ganaste. ¡Estoy atrapado en este lugar! —dijo señalando con sus manos la zona—. No puedo salir. ¿No era esto lo que querías?

La resistencia del dios lo enfureció hasta el punto de lanzarle puñetazos en la cara. Está atrapado aquí, incapaz de hacer algo; su plan falló, pero todavía quiere mover los hilos y decidir lo que Naran puede o no hacer. Tal terquedad le recordó a sí mismo. «Supongo que ahora sé de quien lo saque», el pensamiento le hizo pensar en su madre y su corazón empezó a temblar. No pudo aguantar más. Las lágrimas volvieron a fluir.

—¿Por qué tenía que morir? —dijo con voz quebrada

agarrando la ropa de Kinich Ahau con fuerza— ¿Por qué? —cayo de rodillas.

Lo que sucedió después hizo que Naran se quedará sin aliento. Kinich Ahau lo abrazó con fuerza como solía hacer su madre.

—Lo siento, pero era la única manera.

—¿Qué? —dijo Naran empujándolo.

—Necesitaba despertar tu divinidad. Sino lo hubiera hecho terminarías siendo mortal —dijo e intentó abrazarlo de nuevo.

—¡Aléjate de mí! —Naran se puso de pie—. ¡¿Me hiciste matar a mi madre?!

—Sabes muy bien que así no fueron las cosas.

—Murió protegiéndome. ¡Qué diferencia hay, si al final, yo fui la razón de su muerte! —su voz resonó por todas partes.

—¡Por favor escúchame! —dijo Kinich Ahau suplicando por primera vez.

—¿Por qué no me dejaste morir? —dijo intentando mantener sus sollozos al mínimo.

—Naran eres mi hijo-

—Eso no te detuvo antes.

—¡¿Pero no moriste o sí?! —El dios se dio la vuelta intentando calmarse antes de enfrentar a Naran nuevamente—. Tuve que empujar a tu madre al punto de dar su vida por la tuya, —respiro profundo—, pero necesitaba mantenerte a salvo.

—¡Mate a personas inocentes por culpa tuya!

—Sí, ese también es mi delito, y no me arrepiento porque era la única forma de hacerte esto —Hizo un gesto hacia todo el cuerpo de Naran—, para asegurar de que te convertirías en inmortal y te quedarás para siempre.

—¿Contigo? —dijo Naran a lo que Kinich Ahau solo guardó silencio. La risa estalló, sorprendiendo a Kinich Ahau. De todas las reacciones, no imaginó esta—. Por esta razón, tu y Quetzalcóatl son el uno para el otro —la risa cesó— los dos querían más de lo que debían —dijo dirigiéndose a la esquina más alejada.

Kinich Ahau se quedó allí, impotente, mirando al suelo.

—Y qué. —volteo para ver la espalda de Naran cuando este se alejaba—. ¿No vale la pena hacer esto por alguien a quien amas y que te importa?

—Ahí es donde te equivocas —Naran se sentó en el suelo—, eso no es amor —dijo sin romper contacto visual con Kinich Ahau.

—Entonces enséñame. —Naran se rio entre dientes ante su comentario y lo vio sentarse—. Parece que estaremos aquí por mucho tiempo, así que ¿por qué no me enseñas qué es el amor?

—Tú eres él único atrapado aquí. Yo puedo salir en el momento que quiera.

Kinich Ahau desaprobó con la cabeza.

—Naran, ella se ha ido. Ella dio su vida para darte la oportunidad de vivir ¿y la vas a desperdiciar?

Por mucho que Naran odiaba admitir, Kinich Ahau tenía razón. No puede morir así. Sin embargo, esto significa que vivirán durante siglos viendo la evolución de la tierra. Con suerte, los humanos regresarán en algún momento, excepto por las miles de almas que, no saben que están dentro de una reliquia hecha por un dios a partir de objetos humanos. Sorprendentemente, ese mismo dios despiadado que hizo todo esto, no puede ver morir a su hijo ante él. Ambos fueron colocados en un punto medio, obligados a coexistir.

Capítulo 27

Naran se encontró con su padre sin previo aviso y sin haberlo buscado. Además de eso, su padre es considerado un dios antiguo en el mundo humano. Ningún Teopixqui jamás hubiera podido predecir que, un dios y un humano quedarían atrapados en algún momento de la historia. Aunque para ser más precisos: si bien este tzacualli representa la prisión de un dios, también es lo único que mantiene vivo al humano.

Naran nunca se preguntó por su padre. Simplemente asumió que alguien se había aprovechado de su pobre madre, la había dejado embarazada y la había exiliado del altépetl debido a los rangos sociales. Cuando comenzó a trabajar en los campos de cultivo, le asaltó la curiosidad. Estar tan cerca del altépetl también significaba que estaba más cerca de su padre. Un día decidió colarse en los chantli de rangos superiores, tratando de encontrar una pista. Por desgracia, la expedición que estaba manteniendo a todos alejados de sus hogares, terminó temprano y fue encontrado en el acto. Su madre siempre habló muy bien del

Tecuhtli. Lamentablemente, este no hizo nada para detener al Teopixqui. Se quedó allí mirando cómo su madre cambiaba su vida por la de su hijo.

El miserable Teopixqui, insatisfecho con el desenlace, lo obligó a terminar con la vida de su madre. Con el tecpatl en la mano y su madre diciéndole que todo estará bien, sabía que preferiría morir antes que continuar. Sin embargo, en una fracción de segundo, su madre tomó la decisión por él. Y todo porque sentía curiosidad por alguien que nunca se preocupó por él.

Su vida había dado un vuelco desde entonces. Aunque su madre hizo eso por amor, lo obligó a vivir con las consecuencias de sus acciones. A partir de ese momento, dejó de creer en el amor sacrificial que con tanto orgullo profesan Quetzalcóatl y Kinich Ahau. Si hubiera muerto como debía ser, nada de esto habría sucedido.

Irónicamente, sus padres, sin planearlo, le salvaron la vida solo para condenarlo, a él y a todos los demás. Esto siguió retumbando en la cabeza de Naran, haciéndolo cuestionar qué más hizo Kinich Ahau.

—Ese día en que el Teopixqui regresó temprano. ¿Hiciste que eso sucediera? —dijo Naran con voz neutra.

—Sí —dijo Kinich Ahau volteando a verlo—. Si ese día no hubiera sucedido, tu lado humano hubiera prevalecido, y ser humano es una debilidad.

Naran sonríe entre dientes.

—¿No le dijiste a Quetzal que asumiera la responsabilidad de sus acciones?

—Eso es lo que estoy haciendo.

—¿Quieres que crea que hiciste eso para asegurar que viviría para siempre?

—Es correcto.

—Bueno, parece que no hiciste un buen trabajo —dijo Naran con una pequeña sonrisa.

La respuesta que dio Kinich Ahau dejó en claro que, no le molestaban las consecuencias que sus acciones habían causado. Esto enfureció a Naran quien, con fuerza, golpeó el suelo con la palma de la mano.

—¡Lo hiciste porque era la única forma en que tu plan funcionará! —dijo.

El dios se estremeció por el golpe inesperado y se obligó a hablar.

—Está bien —dijo con confianza—. Quiero tenerlo todo. Quería a mi hijo conmigo para siempre y quería ganar poder. —No había rastro de pena o culpa en su voz.

—Parece que haber querido todo te hizo elegir-

—Y no me arrepiento —dijo rápidamente sin vacilar.

—¿Tanto odiabas a Quetzal? —dijo Naran sonriendo y mirándolo con incredulidad.

—No es así-

—De todos los humanos, la escogiste a ella —dijo Naran interrumpiendo Kinich Ahau, así como lo había hecho él anteriormente. «¿Cómo puede ser tan arrogante? Por alguna razón, pensé que podría ver todo el dolor que había causado», pensó con frustración.

—Lo envidiaba. —suspiro derrotado— Cegado por esa emoción, le hice ver todas sus muertes excepto esta —se paró—, y en cada ocasión borré sus recuerdos con Lihtnao —miró hacia abajo—, para que lo viviera como la primera vez. —una pequeña sonrisa apareció—. Eso fue todo lo que hice durante décadas, hasta que me di cuenta de que estaba recuperando el poder. —su sonrisa desapareció—. No podía entender cómo lo estaba haciendo, así que tuve que parar porque si continuaba, habría recuperado su forma original. Fue entonces cuando comenzaron los experimentos.

Caminó hasta la pared y se apoyó contra ella.

—Me estaba rindiendo, hasta que escuché las oraciones de tu madre, y fue entonces cuando todo esto sucedió. —lo miró a los ojos—. Decidí no decírselo. Sabía que, si le hubiera dicho que eras mi hijo, te habría quitado la vida. —se rio entre dientes—. Aun así, te terminó matando, pero por otras razones. Me tomó mucha energía traerte de regreso. Afortunadamente, no volvió a intentarlo una vez que le dije que eras ella. —Cruzando los brazos sobre el pecho, esperó la respuesta de Naran.

—Él no me mato —dijo Naran sintiendo su corazón quebrarse un poco más, de ser eso posible.

Lo miró con expresión tranquila.

—No tengo ningún motivo secreto para mentirte. Ya te lo dije. Ganaste.

«¿Y por qué siento que en realidad perdí?».

—¿Por qué me estás diciendo todo esto? —dijo Naran en un susurro.

—La verdad es lo único que puedo darte.

Naran tomo esto como una oportunidad.

—Entonces dime ¿Como libero las almas?

Los labios de Kinich Ahau se convirtieron en una línea delgada, y apretó las manos.

—Tienes que invocar la espada y destruirla —dijo después de un tiempo.

Naran rápidamente se puso de pie y convocó su espada tal como le dijo Xoaltentli, pero nada pasó.

—No funcionará aquí —dijo Kinich Ahau—, necesitas estar afuera de este tzacualli.

Inmediatamente Naran camino hacia la puerta, pero Kinich Ahau lo bloqueó.

—¡Déjame ir! —dijo Naran, contraatacando.

—Si mueres, la muerte de tu madre y de Quetzalcóatl habrán sido en vano. ¿Es eso lo que quieres?

Naran se detuvo. «No puedo seguir pensando en el pasado. Lo hecho está hecho». En este momento, la gran mayoría de los humanos habrán perecido y cada chantli habrá sido quemado, dejando altépetl enteros, vacíos. «De menos necesito intentarlo».

—Miles de almas son más importantes que dos —dijo Naran con confianza sabiendo que su madre estaría de acuerdo con él.

—Está bien, adelante —dijo Kinich Ahau haciéndose a un lado—. Pero esto no va a prevenir que otros vengan e intenten hacer lo mismo que yo hice.

Naran se vuelve a quedar quieto.

—¿A qué te refieres con eso?

—Ahí afuera, deambulando, hay probablemente unas cuantas sombras de lo que solían ser dioses.

—Dijiste que los habías matado —dijo Naran sintiéndose ansioso.

—Si conociera a Xoaltentli y lo conozco muy bien. Estoy seguro de que trajo algunos de vuelta.

Los ojos de Naran se agrandaron.

—¿Cómo es eso posible?

—¿No te hablo Quetzal de las reliquias?

Naran asintió.

—Pero dijo que Lihtnao era la única que sobrevivió y tú la

tienes.

—Me refiero a las reliquias mortales creadas, al igual que la espada que te di. —Kinich Ahau se apoyó contra la pared sabiendo que Naran no se iría—. Fueron forjados por alguien de mi especie. Me deshice de él, pero al ver a Xoaltentli y la cantidad de poder que tenía, debe haber sabido dónde estaban escondidas esas reliquias.

—Yo logré matarlo así que todo estará bien —dijo Naran volteando a la salida.

—Mataste uno y solo porque había poseído un humano por mucho tiempo —puso su mano en el hombro de Naran— allá afuera, sombras de pura energía están a la espera de humanos —dijo haciendo que Naran caminará de espaldas hasta estar en el centro del lugar.

No había garantía de que las almas una vez libres estarían exentas de cualquier peligro o que las cosas mejorarían cuando más humanos comenzarán a aparecer. Naran quería que estos dioses salieran de su mundo para dar una oportunidad a su especie. No obstante, parece ser que, a este ritmo, la historia se repetirá.

Hasta ahora, las cosas han estado a su favor desde que logró consumir a un dios, matar a uno y atrapar a otro, que tenía una reliquia, pero si lo que dice Kinich Ahau es cierto, significa que muchos dioses están esperando que los humanos aparezcan para poseerlos. Sin mencionar que Kinich Ahau dijo "reliquias" que significa más de una.

—¿Qué es lo que estas reliquias hacen? —preguntó Naran, tratando de mantener la calma por la respuesta.

—Varía si es un humano o un dios quien lo está usando. También depende de contra quién se esté utilizando. Tzatetl, por ejemplo, es una reliquia mortal que puede mantener a un dios de bajo rango en una forma animal, y como tengo esa, ningún humano tuvo la oportunidad de usarla —dijo mientras se sentaba —. Si fueran reliquias divinas, entonces esa sería una historia completamente diferente.

«Supongo que esas son más poderosas y dañinas».

—¿Cuantas reliquias posees?

—Tres, Lihtnao, Tzatetl y la espada que te di.

Esto hizo que Naran buscará una pista o una salida.

—¿Estás seguro que no hay ninguna otra reliquia divina solo Lihtnao?

—Sí, estoy seguro. —respondió observándolo con atención.

—¿Cuántas reliquias humanas hay?

—Diez o menos. La gran mayoría fueron destruidas. —su cara se tornó rígida—. Pero después de ver a Xoaltentli es difícil saberlo.

—¿Qué quieres decir? —Naran se puso tenso al recordar lo preocupado que se veía Kinich Ahau cuando vio a Xoaltentli.

—Cuando está débil, hace cosas inofensivas como meterse en tus sueños. Cuando es poderoso, puede regenerar cosas de pensamientos o sueños pasados. Puede alterar la realidad para hacer que alguien vea lo que más teme o anhela —apretó el puño como si recordará algo—: esta ilusión también es inofensiva a menos que él quiera atraerte. Si te das cuenta de que es falso, no pasa nada, pero si te atrapa, podrías quedarte ahí sin retorno.

La penumbra que se refleja en su rostro dejó claro que también se vio afectado por Xoaltentli. Esta información hizo que Naran recordará la escritura del árbol y todas las cosas míticas que sucedieron cuando estaba cerca de Xoaltentli. «Me engañó. Todo este tiempo me usó para acercarse a Kinich Ahau y la espada».

—No tiene sentido. Si lo que quería Xoaltentli eran las almas. ¿Por qué esperó hasta que estuve contigo?

—Teníamos algunos asuntos pendientes. Estaba más centrado en la venganza que en el poder. Idiota —dijo Kinich Ahau con una sonrisa maliciosa.

«Ese idiota fue lo suficientemente poderoso como para hacer sudar a Kinich Ahau», pensó mientras se sentaba frente al dios.

—¿Cómo es posible que él fuera tan poderoso y, sin embargo, sea lo suficientemente humano como para que yo lo matará?

—Estaba entre los de bajo rango, y eso significa que sus habilidades son más débiles o en ocasiones también les afectan, como a Quetzal. —«Parece que cada vez que menciona a Quetzal, su voz se quiebra un poco»—. También veía a los humanos como criaturas, al igual que tú. La suya se centró principalmente en la mente de su víctima, convirtiendo su propia mente en un caos y exponiéndose a sí mismo.

«Por eso pude herirlo».

—Si era de bajo rango, ¿cómo era tan poderoso ahora?

Naran sabía que ya no importaba saber estas cosas, pero era la única distracción que tenía. Kinich Ahau se miró las manos.

—Si matas a uno de los míos, puedes conservar su esencia. Mis intenciones eran matar a Xoaltentli para poder recargar la energía que usé cuando te traje de regreso de la muerte —dijo mirándolo.

—Nunca te pedí que me salvarás —dijo Naran a la defensiva.

—Yo sé y no te estoy culpando —sonrió—, simplemente estoy compartiendo lo que eran mis planes.

Cuanto más charlaban, menos se sentía amenazado, y eso le hacía sentir que era un hipócrita. Después de toda la muerte y destrucción que había causado Kinich Ahau, actuó como si nada hubiera pasado, haciendo que Naran se sienta seguro y bienvenido en el proceso. «Al final, eso es lo que quería tenerme como su brazo derecho y que confiará en que cualquier cosa que hiciera era para asegurarse de que yo saliera ileso». Por esta razón se sentía de esa manera, por comenzar a sentirse protegido por la persona equivocada.

—¿Es seguro asumir que, el dios poderoso, no fue el que se deshizo de todos los que rompieron las reglas? —dijo tratando de concentrarse en algo más que su autodesprecio.

—Eso es correcto.

—Entonces ¿cómo quetzal pudo debilitarte?

—¡No me debilitó! —dijo Kinich Ahau, haciendo que Naran retrocediera un poco. Luego respiró hondo—. Absorbió parte de mi esencia. Siempre lo termino subestimando.

Entonces todo tuvo sentido.

—Hiciste todo esto no por envidia, sino por miedo de que Quetzal pudiera recuperarse y destruirte.

Kinich Ahau permaneció en silencio, sin negar lo que dijo Naran. Esto le hizo sentir una alegría momentánea que luego fue suplantada por la culpa. «¿Cómo puedo estar contento cuando toda la humanidad ha perecido?» Se quedó callado, repitiendo una y otra vez todas las muertes que había causado.

El sol salió y se puso, tantas veces que Naran perdió la cuenta. Ninguno de los dos tenía hambre, ni necesitaba dormir. Era una tortura no poder morir y no vivir del todo. Kinich Ahau seguía mirando a Naran de vez en cuando, asegurándose de que todavía respiraba. Ambos parecen sumergidos en sus pensamientos.

Podía sentir sus pecados, y la culpa que lo ahogaba mientras recordaba las cosas devastadoras que había hecho. Lo peor de todo fue que salió ileso y como el hijo de un dios. Esto lo llevó a una oscuridad tan densa que no podía distinguir entre lo que era real y lo que no. Entonces, antes de que su mente comenzará a desvanecerse, tomó una decisión. Sabía que había muchos más a pesar de que se deshizo de tres dioses, una reliquia divina y dos reliquias mortales. Los dioses probablemente poseerán a los humanos, y algunos podrían encontrar el resto de las reliquias. Aun así, tenía fe de que alguien haría lo necesario para proteger a la humanidad una vez más.

Cada día, comenzaba a moverse hacia la salida del tzacualli, haciendo todo lo posible para no hacer ningún sonido a medida que se acercaba. «Se suponía que nunca debí vivir. La muerte es la única salida».

—Tener fragilidad humana —dijo Naran haciendo una pausa para mirar a su padre— Me da derecho a decidir cuándo dejar de existir y esa será tu tortura —termino con una pequeña sonrisa.

Luego, con un movimiento rápido, se fue sabiendo que Kinich Ahau no podría salvarlo.

Una vez más, sintió que sus intestinos ardían. Convocó la espada, enfocó todo lo que sentía hacia ella, y antes de que, tanto la espada como Naran cedieran, su último pensamiento fue a Quetzalcóatl.

Xoaltentli tenía razón sobre la iluminación que aparece cuando llega la muerte. Pudo volver a ver a su madre con una nueva vida, cada niño regresando a su espacio en el tiempo. Cada alma tuvo la oportunidad de vivir. Pero infortunadamente, las reliquias fueron encontradas.

www.ingramcontent.com/pod-product-compliance
Lightning Source LLC
Chambersburg PA
CBHW060359030726
47497CB00003B/777